光明社科文库

宋代格韵说研究

傅新营◎著

光明日报出版社

图书在版编目（CIP）数据

宋代格韵说研究 ／ 傅新营著 . -- 北京：光明日报
出版社，2019. 4（2023. 1 重印）
（光明社科文库）
ISBN 978 - 7 - 5194 - 5289 - 6

Ⅰ. ①宋… Ⅱ. ①傅… Ⅲ. ①宋诗—诗歌研究 Ⅳ.
①I207. 22

中国版本图书馆 CIP 数据核字（2019）第 081488 号

宋代格韵说研究
SONGDAI GEYUN SHUO YANJIU

著　　者：傅新营

责任编辑：陆希宇　　　　　　　　责任校对：赵鸣鸣
封面设计：中联学林　　　　　　　责任印制：曹　净

出版发行：光明日报出版社
地　　址：北京市西城区永安路 106 号，100050
电　　话：010 - 63131930（邮购）
传　　真：010 - 67078227，67078255
网　　址：http：// book. gmw. cn
E - mail：gmrbcbs@ gmw. cn
法律顾问：北京市兰台律师事务所龚柳方律师
印　　刷：三河市华东印刷有限公司
装　　订：三河市华东印刷有限公司
本书如有破损、缺页、装订错误，请与本社联系调换，电话：010 - 67019571
开　　本：170mm×240mm
字　　数：156 千字　　　　　　　印　　张：14
版　　次：2019 年 4 月第 1 版　　　印　　次：2023 年 1 月第 2 次印刷
书　　号：ISBN 978 - 7 - 5194 - 5289 - 6
定　　价：78. 00 元

序

新营的书稿《宋代格韵说研究》终将正式出版了，我感到十分欣慰，除了因此稿搁置太久而不免替他焦虑外，自还有更深一层的考虑。

这部书稿是在新营博士论文的底子上加工写成的，原稿于 2003 年暑期前即已经审议通过，至今相距 15 年之久，等待期限够长的了。那段时间里我正应聘于上海师范大学人文学院作为兼职博导，与曹旭教授合作招收中国诗学专业的博士生，新营于 2000 年秋季入学，即分配在我名下攻读博士学位。在我的印象里，他知识基础不算特别深厚，但喜欢思考，常能发现一些别人意想不到的问题，有自己的见解。

2002 年初，即在新营读博的第二年期间，他已开始酝酿博士论文的选题与写作。一天上午，他特地来找我，说要跟我商议一下论文选题问题。当他提出以"宋代格韵说研究"为题目时，我大吃了一惊，因为据我的印象，"格韵"一词在古人的诗学批评中用得并不普遍，而今人的古文论研究成果里似也未曾见到以"格韵"为论题的著述。提出这样一个生疏的题目，且以之为宋代诗学中具有核心意义的范畴，对于博士论文的写作与审议通过而言，会有一定的风险，不能掉以轻心。但新营坚持要写这个题目，并说他已做了相应的材料收集与文章构思的准备。于是我要他把收集到的相关材料一一列举出来，逐条研究其中涉及"格韵"一词的确切含义，还让他特别关注"格韵"在古人心目中究竟是"格"与"韵"的双语并用，还是确然已构成了独立的范畴。经过整整一上午的反复商讨，我勉强同意他把这个题目继续做下去，但告诫他要小心谨慎，切忌随意发挥。之后又经过几次商谈且在论文写成后通读了他的原稿，但说实在话，直到博士论文答辩的那一刻，我还是为他捏着一把汗，不知道评委将如何看待这篇论文。意想不到的是，来参加审议的专家们竟然一致采取肯定态度。华东师范大学胡晓明教授还特地表白：看了不少博士生论文，大多在材料收集和整理上下工夫，论题及观念则罕见出新，本文可算是个特例。评委会主席复旦大学王水照教授在总结发言时也讲到：套用一句时兴话语，这篇论文称得上古文论研究中的一个"新的生长点"，希望作者将其修补完善，争取早日出版。至此，我悬着的心总算放了下来，高高兴兴地准备送新营奔赴自己的前程了。

没料到的是，书稿的出版竟然延搁了那么长久的时间。新营毕业后，先是在几家出版社干了一段"临时活"，后赴天津师范大学初等教育学院任职，工作算是稳定下来了，但对学术事业而言，却并非有利的环境。初等教育的内容完全与古文论研究无关，况且他还担负着一定的行政职责，整天忙于投入并熟悉新的业务，打理旧稿便只能一再延搁下来。这期间，由于他的博士论文已在网上发布，好些新进的硕、博便都沿用其"格韵"说做自己的文章并正式发表。我本人也于 2006 年出版的《中国诗学之现代观》一书的《"气"与"韵"》一章中，吸纳这一范畴以形成传统诗学论"韵"由"气韵"经"格韵"以至"神韵"的发展路径探讨，而为了表示不敢掠人之美，特地将新营的博士论文题目列入书后开列的"参考引用书目"栏中。现在终于可见到《宋代格韵说研究》的正式出版，我要郑重声明，此"说"的发明权在新营，而不在我，我是借用了他的成果的。当然，眼下的专著对原稿已作了不少修订与增补，难能缕述，只是希望书的出版有助于将问题的探讨引向深入，更期待新营在做好本职工作之余，还能不断衍续其学术生命的活力，予学界以新的馈赠。是以为引。

陈伯海

2018 年 11 月记于沪上

目 录
CONTENTS

1

导　论

　　七十多年前，郑振铎先生对于中国文学研究有过这样一句话："许多方面的学问，具有这样任情所欲，驰骋自如的未垦发的荒原者，恐怕是除了中国文学的园地之外，是不会有。"① 时至今日，在中国文学研究者队伍空前壮大，"竭泽而渔"的口号日渐响亮的局面下，这句话其实仍然可以说。《文学遗产》编辑部在20世纪末组织专家们对20世纪的古典文学研究做了详细的回顾，结成《世纪之交的对话——古典文学研究的回顾与展望》一书，可以大略地了解20世纪学者们对中国文学研究领域的开拓和所取得的成果。

　　《对话》一书并未专门对中国诗学研究领域进行回顾。确实，这个领域尽管成果丰富，但却情况复杂，很难把它归结为某一个话题来做讨论。首先，什么是中国诗学？中国诗学的研究是针对什么的？对于研究对象的认定，各家有不同意见，必然会在研究内容和研究方法上出现不同的认识。钱志熙教授专门写了一篇近三万字的文章回顾了古今"诗学"一词的含义和使用情况，尽管不是最终结论，

---

① 《中国文学研究者向那里去？》，《中国文学研究》第五卷，1165页，作家出版社1957年出版。

也可以初步地明晰中国古人著述中的"诗学"一词的基本含义和研究范围。陈伯海先生在他主编的《中国诗学史导言》中仔细分析了作为理论的"诗学"的六种含义，正好可以跟钱志熙的分析接榫起来。①

　　萧华荣先生说：就中国古代各体文学理论来说，诗论、文论早出，赋论中道消亡；小说论、戏曲论、词论晚出；而文论多为应用性理论，能贯彻中国文学历史全部，体现中国文学本质变化的，就只有诗学理论。所以，诗学思想实际上是以诗歌研究为中心的中国文学的本质表现，其重要意义由此可见。作为诗国的中国，诗歌所表达、包含的文化内容正是汉民族语言、审美文化的集中体现。（《中国诗学思想史》中序言部分）如果从欧阳修的《六一诗话》作为宋诗学研究之始的话，从欧阳修到刘攽所说的"文以意为主"，到吕本中所说的"活法"，再到严羽所说的"妙悟""别趣"，最后到

----

① 钱志熙《"诗学"一词的传统涵义、成因及其在历史上的使用情况》，《中国诗歌研究》第一辑262页：钱文认为，在当今的学术界，广义的诗学指的是文学和文艺学，狭义的诗学内涵在逐渐扩大，主要指以诗歌为研究对象的学问。例如《中国诗学大词典》对诗学一词的解释："关于诗歌的学问，或者说，以诗歌为对象的学科领域。"具体的研究范围有"诗歌的基本理论和诗学基本范畴""有关诗歌形式和创作技巧的问题""对于中国历代诗歌潮流的研究，或曰诗歌史的研究""对于历代诗歌总集、选集、别集或某一作品的研究""对于历代诗人及由众多诗人所组成的创作群体的研究""对于历代诗歌理论的整理和研究"等六个方面。而在古代，这一词的用法有两种：作为"诗经学"简称的诗学和作为研究诗歌实践与理论的学问（"诗之为学"）。陈伯海《中国诗学史导言》认为：诗学古代含义有时为诗歌经验技巧，而作为理论的"诗学"则含有两个方面的含义：一个是对诗歌的研究（传统意义的诗学），一个是对诗歌研究的研究（应该称为"诗学学"），前者包括诗论、诗史、诗评三个方面的内容，后者包括诗学原理、诗学史、诗学批评三个方面的内容。钱志熙所直觉感受到的"学问"说也可以在此得到详细的答案：我们现在所研究的大部分诗学问题，其实主要是"诗学学"的问题，更广泛的诗学问题由于缺乏学科性而不得不从属于其他各种形式的具体的作家、作品、流派等研究。

黄榦等人的"雅正"，宋人对本朝诗学思想的反思与研究呈现多种思潮，互相推动。

现代的宋代诗学研究，从陈衍的《宋诗精华录》开始，学者们致力于揭示宋诗学的独特性质。缪钺先生的《诗词散论》，钱钟书先生《谈艺录》和齐治平先生《唐宋诗之争》，都不约而同地从唐宋诗比较的角度论述了宋诗学的特质，钱钟书认为："唐诗、宋诗，亦非仅朝代之别，乃体格性分之殊。天下有两种人，斯分两种诗。唐诗多以丰神情韵擅长，宋诗多以筋骨思理见胜。"认为唐宋诗的内在差异在于不同的审美理想和诗学人格，这就深入到了文化学研究和美学类型研究，从此这一问题为学界所热烈关注。

改革开放以来，在已有的中国诗学研究领域中，宋诗学的研究不能令人满意，还处于比较初期的阶段。这种初期阶段的性质主要体现在：尽管大家都意识到宋诗学的独立是一个必须提出来的问题，但却缺乏有力的支撑。因此所谓的宋诗学研究，实际上是广义的诗学研究，即流派和作家的研究，"研究的研究"仍属少数。至今也没有像《唐诗学引论》那样的专著出现。周裕锴教授于1997出版的专著《宋代诗学通论》（巴蜀书社版）中，从诗道、诗法、诗格、诗思、诗艺五个方面分门别类研究了宋代诗学现象，是目前研究宋代诗学理论最全面的著作。但是，书中并没有说明这些诗学现象怎样构成了诗学理论的宋诗学体系，他们之间的逻辑架构是怎样的。

胡晓明教授的《中国诗学之精神》认为，宋代诗学的核心在其人文精神，而不仅仅在乎技法。他在该书的《弘道》篇中说，宋人写诗重艺术，但是要比唐人更重理实，诗歌之美是与人文涵养相表里的。黄庭坚的刚健拗峭既是诗学上的风格特征，也是他人文精神的特征；宋诗人是"借诗挺立士人精神主体"。① 我们看欧阳修《六一诗话》论诗云："诗人贪求好句，而理有不通，亦语病也。"艺术的夸张，欧阳修不是不懂；但是身为"诗人"，必须得为自己的作品负责，不仅不能让人发生误解，还不能在事理上误导读者。诗人的责任感如此重要，以至于连《枫桥夜泊》这样的名篇都受到了欧阳修的批评。《六一诗话》云：

> 如"袖中谏草朝天去，头上宫花侍宴归"，诚为佳句矣，但进谏必以章疏，无直用稿草之理。唐人有云："姑苏台下寒山寺，半夜钟声到客船。"说者亦云，句则佳矣，其如三更不是打钟时！如贾岛《哭僧》云："写留行道影，焚却坐禅身。"时谓烧杀活和尚，此尤可笑也。

我们知道，文学理论史往往表现为文学理论范畴的历史。在宋代诗学的发展中，出现了与唐诗学相异质的宋诗学，这一点已得到人们的承认。而宋诗学的核心命题，以及核心范畴如何，却是一个可以深入思考的问题。在宋代，人们提出了大量的诗学范畴，如气、格、理、趣、韵、味、意、格力、雅健、理趣等等，以及清新、平淡、以意为主、立意、立格、韵胜、以故为新、夺胎换骨、活法等诗学命题，这都是宋诗学中不可或缺的组成部分。但何者是"核心"呢？哪一个，或哪几个能反映宋诗学的中心环节、主导思想、甚至本质特征呢？

对于核心的确定，往往是一个很难被认同的工作，因为站在不

---

① 胡晓明．中国诗学之精神［M］．南昌：江西人民出版社，2001：82.

同的角度，就会看见不同的中心。但是，如果核心是客观存在的话，一次次的修改、校正必然会越来越接近这个自在的中心点。我们知道，宋诗学并不是建立在全部宋代诗歌的基础上，尽管组成宋诗学的因素或多或少地存在于整个宋代诗歌创作实践中，但真正能够使之凸现出整体性状的因素还是出现在宋代中期以后，也就是王安石、苏轼、黄庭坚各领风骚的几十年中。对这一阶段的考察将是我们揭示宋诗学底蕴的主要着眼点。

在对荆公、苏黄等人的研究中，学者们对苏轼的"自然成文"，对黄庭坚的"夺胎换骨"等命题注意较多，注意其相异之处多于注意其相同之处，而笔者认为，正是在他们共同关注的"格韵"上，反映了宋诗学真正的特质。苏轼说的"格韵"可能出自邵雍，跟黄庭坚说的"韵"是同样的意思。"格韵"这一范畴的出现，为我们概括宋诗学的特征提供了方便。因为在宋代，韵（以及与之联系密切的气）的内涵发生了不同以往的变化，宋人很多时候所说的韵已经跟前代不一回事了，这一点尤其在苏黄时期最为显著。如何概括说明这些变化，是解释宋诗学之所以成立的关键；而没有一个准确的词语和相应的范畴来对应它，则无法做到像我们解说唐诗学那样纲举目张。幸而有苏黄格韵说的提出，为我们解决了这一问题。它不仅在字面上体现出了一种不同以往之"韵"，而且在实际的创作实践和理论实践上都形成了新的理论形态，可以比其他范畴更好地体现宋诗学的特质。

也许是对词语的理解不同，以往的学者们似乎没有意识到这一范畴的存在。因此我们将从语词意义的发生、发展及诗学范畴的孳乳开始对这一范畴展开探讨。

第一章

格韵说的历史渊源

格、韵二字虽然出现的时间相差很远，但用在艺术批评中的时间却似乎是不约而同的。从魏晋开始，格与韵开始被用来作为人物品藻的常用语，着重说明人物的精神格调。而在南北朝以后，格和韵的这种精神指向逐渐延伸到诗歌的评论中，格不再是单纯的规范、准则之意，更有风格（style）和格式统一的含义，并且带有一定的价值指向；韵则从单纯的乐调、（字的）声调变为对人物、诗歌精神气质的概括，且具有明显的艺术审美倾向。尽管作为诗学术语的诗格与诗韵含义比较单一，但在其使用过程中，其内涵有了相当程度的延伸。这一点到唐代表现得尤其明显。唐人论诗讲究高格、高韵，实际上已经是对人物、诗歌的一种综合审美活动。唐人的诗学探讨主要集中在他们的"诗格"著作中。在他们长期的创作、评论生活中，诗格既是一种作诗的框范，又是一种审美的对象，从诗论家们对诗格的分析、说明来看，诗的格法最终是要使诗上升到最佳审美状态。这就为格与韵的有机融合埋下了伏笔。

第一节 格、韵的精神指向：六朝的"风格""风韵"

以格、韵来说明艺术、气质等精神层面的东西，从六朝才开始大行其道。我们从当时的各种著作里，可以体会到六朝人对格和韵已是具有了深层次的认识。由于这时期哲学的发展，以及谈玄的风气盛行，人们对事物都有一种抽象的把握，气、格、韵是他们品藻人物时常用的术语。

根据现有的文字材料，"格"之一词最早出现在商周文献里面，典型的用法就是《尚书》中"格于皇天"一样，用作动词，意为来，至。它的本义是树枝伸长。司马相如《上林赋》："夭蟜枝格，偃蹇杪颠。"李善注引《埤苍》曰："格，木长貌也。"许慎《说文解字》注："格，木长貌，从木各声。古百切。"段玉裁注："木长貌者，格之本义，引申之长必有所至，故《释诂》曰：'格，至也。'"产生出至的意思。《论语·为政》："道之以德，齐之以礼，有耻且格。"朱熹注曰："格，至也。"

后来它产生了多种含义，如规范、度量、风度等。鲍明远《芜城赋》："格高五岳，袤广三坟。"李善注引《仓颉篇》曰："格，量度也。"从对物体的量度转到对人的量度，就有了人伦规范这一含义。汉代的《礼记·缁衣》中有"言有物而行有格也"，已经用其说明人的行为应有一定的规范。从这一对人的外在规范出发，"格"逐渐向人的内在性质靠拢。汉代葛洪在《抱朴子·审举》里说：

"夫衡量小器，犹不可使往往而有异，况士人之格可以无检乎?"格本来与检同义，都是法的意思。这里葛洪实际上已是以检言人之规范，以格言人之品格，而非仅仅是指人的行为。到六朝，"士人之格"更具体化为"风格"，成为品评人物的标准：

> 李元礼风格秀整，高自标持，欲以天下名教是非为己任。后进之士，有升其堂者，皆以为登龙门。(《世说新语·德行》)

看得出，"风格"一词重在主体人格的总体外在特征，这明显地与作"style"讲的"风格"不同。《文选》卷六十任彦昇《齐竞陵文宣王行状》："庠序肇兴，仪形国胄"讲萧子良仪态雍容，李善注引袁山松《后汉书》曰："李膺风格仪形，皆可师范。"很明显说的是外在气度。

刘邵在《人物志·九征》里将人分为五类：

> 骨植而柔者，谓之弘毅；弘毅也者，仁之质也。气清而朗者，谓之文理；文理也者，礼之本也。体端而实者，谓之贞固；贞固也者，信之基也。筋劲而精者，谓之勇敢；勇敢也者，义之决也。色平而畅者，谓之通微；通微也者，智之原也。

"风格"就含有"弘毅""文理""贞固"等的内容。刘昞注曰："木则垂荫，为仁之质，质不弘毅不能成仁。……火则照察，为礼之本。无文理不能成礼。"孔子认为礼后于仁，仁是内在的、系乎人之价值的精神力量，礼则是仁的具体发挥或实施手段。"风格秀整"，就是说立身处世之高尚方正。《世说新语·赏誉》又说："世目李元礼'谡谡如劲松下风'。"刘注："膺岳峙渊清，峻貌贵重。华夏称曰：'颍川李府君，颙颙如玉山。汝南陈仲举，轩轩若千里马。南阳朱公叔，飂飂如行松柏之下。'"① 谡谡，风声。颙颙，头大貌。飂飂，风疾貌。以风喻人，即是仿佛其人之高洁刚毅。这里的风已不仅是指风教的意思，而是指清爽、朗畅的自然之风，宣扬个体价值的同时又不忘对社会的责任。又《容止》篇言嵇康："身长七尺八寸，风姿特秀。见者叹曰：'萧萧肃肃，爽朗清举。'或云：'肃肃如松下风，高而徐引。'"可见当时以风喻人的盛行。

人物如风，故有风之清举。《人物志》是这样解释"清"的：

> 盖人业之流，各有利害：夫清节之业，著于仪容，发于德行；未用而章，其道顺而有化。故其未达也，为众人之所进；既达也，为上下之所敬。其功足以激浊扬清，师范僚友。其为业也，无弊而常显，故为世之所贵。（《利害》）

在魏晋政治中，清即"清要"，其特点是"贵"和"闲"。前者说明其身份崇高、位据切要，后者则为安逸处优提供了条件。士族门阀都是文化家族，所以汉代以来直到魏晋南朝的朝廷都重文职，他们做官也重清闲而轻吏职，重文翰而轻文法，重文官而轻武号②。文人的社会地位决定了文人的社会责任感，他们都砥砺名节，高自

---

① 余嘉锡．世说新语笺疏［M］．上海：上海古籍出版社，1993：415.
② 阎步克．南北朝的散官发展与清浊异同［J］．北京大学学报（哲社版），2000（2）．

标持。虽然看不起文武俗吏，但是都积极入世，改造社会。这实际上就是对六朝"风格"的确切解释。

在六朝的文学批评中，已经用格来说明诗的品格。在《文心雕龙》里，格有两种含义：一是纠葛："若夫章句无常，而字有条数，四字密而不促，六字格而非缓，或变之以三五，盖应机之权节也。"（《章句》）此处为动词，捍格、相交之意。此义似从格的搏斗之义而来。司马相如《子虚赋》："于是乎乃使剚诸之伦，手格此兽。"应该是词义的相关引申。二是品格："汉世善驳，则应劭为首。晋代能议，则傅咸为宗。然仲瑗博古，而铨贯以叙；长虞识治，而属辞枝繁。及陆机断议，亦有锋颖，而腴辞弗剪，颇累文骨，亦各有美，风格存焉。"（《议对》）又"虽《诗》《书》雅言，风格训世，事必宜广，文亦过焉。"（《夸饰》）此处的风格实际就是上面说的人的内在品质，不过是通过文学来表现的。在文学评论中，格在新的语言环境中又有了一些引申：作为人的"风格"，指的是人的高尚品质；而作为文的"风格"，则是说其有训世作用之"雅"的性质。可见，二者的意义一脉相承，都具有确定的价值指向，有一种对善的追求。

六朝后期，出现了"诗格"一词，这是最值得注意的。《颜氏家训·文章》：

> 挽歌辞者，或云古者《虞姬》之歌，或云出自田横之客，皆为生者悼往告哀之意。陆平原多为死人自叹之言，诗格既无此例，又乖制作本意。

这里的格也是规范的意思，不过已经是指诗歌创作的惯例，进而言之，就是指诗歌的规范。陶敏先生从《宋秘书省续编到四库阙书目》检出所著录梁沈约《诗格》一条，认为这是最早以"诗格"命名的书①。那么，唐代大量的"诗格"著作，应该就是始自沈约。"诗格"就是诗歌创作的法式。所以，诗格这个词的出现，是格的含义从思想品格到诗歌本身品格的重要阶段，开启了诗歌创作论的研究，标志着中国诗学研究领域从鉴赏到了创作论的研究阶段。铃木虎雄认为：

> "格"也可说作"组织的样式"。倘从外面看彼则是依据字音，倘从内看时则是依据诗意（即诗人底旨趣）而成的。故格与意有密接的关系。后世声音底规则一定了，从其规则的就叫律诗。与律诗相对而不从其声音底规则的诗有时就叫作"格诗"。（白氏文集有"格诗"即这种意味底格诗，其中含古体，歌行，乐府；我弘法大师底《文笔眼心抄》称"格"是以意为主而得名，律是以声为主而得名，为最明确之说。清王渔洋误解格诗为律诗，曾为赵执信在《谈龙录》中所讥笑。）与律诗相对的格诗同于与近体诗相对的古体诗。在这种意义上的格是颇含着广的意义的。②

"韵"字晚出，最初用来描述声音、乐调以至人物的精神状态。顾亭林认为此字出自晋、宋之间，而陈澧则检出《尹文子》中有

---

① 陶敏．隋唐五代文学史料学［M］．中华书局，2001：210．
② 铃木虎雄．中国古代文艺论史：下［M］．孙俍工，译．太原：山西人民出版社，2015：4．

"韵商而含征"一句话,认为这才是其最早出处①。今人所引用的材料多为蔡邕的《琴赋》:"繁弦既抑,雅韵乃扬。"这显然是受阮元《经籍纂诂》的影响。此处的"韵"指乐调,并非像有人所说的是"声音的和谐"。在《文选》里,"韵"的使用不下几十处,多数是与此有关的。如嵇康《琴赋》:"于是曲引向阑,众音将歇。改韵易调,奇弄乃发。"又潘安仁《笙赋》:"基黄钟以举韵,望凤仪以擢形。",等等。在佛经中,"韵"也多是指音调,如《大般若波罗蜜多经》(卷381):"世尊梵音词韵弘雅,随众多少无不等闻。"由于韵是成章的音乐,作为另一种讲究章法的艺术作品——文学,自然可以用"韵"来代表它。陆机《文赋》:"或托言于短韵,对穷迹而孤兴。"李善注:"短韵,小文也。""短韵"即是短章。同样,《文赋》之"收百世之阙文,采千载之遗韵";沈约《宋书·谢灵运传论》之"缀平台之逸响,采南皮之高韵",都是以"韵"代指文章。用音乐术语指代文章,说明什么呢?当然说明了六朝人是以艺术的眼光来看待文学作品的。进而言之,这说明了六朝人对文章之体裁以及其审美效应的重视。

文学理论中韵的使用情况与上述情况并无二致。刘勰在《文心雕龙·声律》里说:"是以声画妍蚩,寄在吟咏,滋味流于下句,气力穷于和韵。异音相从谓之和,同声相应谓之韵。韵气一定,故余声易遣;和体抑扬,故遗响难契。属笔易巧,选和至难,缀文难精,而作韵甚易,虽纤意曲变,非可缕言,然振其大纲,不出兹论。"这是六朝人对文学中"韵"的认识的纲领。在这里,韵主要有三种含

---

① 钱钟书.管锥编 [M].北京:中华书局,1986:1185.

义：一、韵律，如"至柳妻之诔惠子，则辞哀而韵长矣"（《诔碑》）；"安仁轻敏，故锋发而韵流；士衡矜重，故情繁而辞隐"（《体性》）。二、和美，如"景纯绮巧，缛理有余；彦伯梗概，情韵不匮；亦魏晋之赋首也"（《铨赋》）；"自扬马张蔡，崇盛丽辞，如宋画吴冶，刻形镂法，丽句与深采并流，偶意共逸韵俱发"（《丽辞》）。三、篇章，如"成公子安，选赋而时美，夏侯孝若，具体而皆微，曹摅清靡于长篇，季鹰辨切于短韵，各其善也"（《才略》）短韵即短章。

像沈约、刘勰一样以"高""逸"形容韵，是六朝文论给后世留下的宝贵财产。"高韵"即是"逸响"。由上可以看出，"高韵"一是指所用韵脚的发声特点，二是指乐调的抑扬动听。佛经里有很多典型的例子，比如《大般涅盘经》（卷1）："高韵初唱于赤县，梵音震响于聋俗。"《大般若波罗蜜多经》（卷381）："世尊梵音词韵弘雅。随众多少无不等闻。……如象王吼明朗清彻。是三十一。世尊音韵美妙具足如深谷响。是三十二。"《众许摩诃帝经》卷2："其声高远过于天乐一切音韵。如是南赡部洲一十八种难调有情。"《大乘密严经》卷下："广略美畅声，克谐钟律声，高韵朗彻声，干驮罗中声。雄声与直声，罽尸迦哀声。歌咏相应声，急声及缓声。深远和畅声，一切皆具足。"由于缺乏证据，我们难以断定究竟是佛经影响了文学，还是文学影响了佛经的翻译，"高韵"一词出现以后，迅速成为品评人物神采的用语：

（杨）准子峤字国彦，髦字士彦，并为后出之俊。准与裴颜、乐广善，遣往见之。颜性弘方，爱峤之有高韵，谓准曰：

"峤当及卿，然髦小减也。"广性清淳，爱髦之有神检，谓准曰："峤自及卿，然髦尤精出。"准叹曰："我二儿之优劣，乃裴、乐之优劣也。"评者以为峤虽有高韵，而神检不逮，广言为得。（《三国志》（卷十九）《任城陈萧王传》裴松之注引荀绰《冀州记》）

佛经中更是经常用"高韵"来表示人的气度。如《长阿含经》卷1："大秦天王，涤除玄览，高韵独迈，恬智交养。"又如《高僧传》里说法显初见迦叶"虽觉其韵高而不悟是神人"（卷3），又说支遁等人"并气韵高华风道清裕"（卷8），都是指人物的风度如唱经的韵调一般令人向往。"高韵"一词的出现，不仅对中国文学，更对所有的中国艺术有着不可估量的影响。清人刘熙载云："高韵、深情、坚质、浩气，缺一不可以为书。"（《艺概·书概》）是对书法，也是对文学创作法则的深度总结。

在六朝，人们以"韵"来仿佛人的精神气度时，也常常用"风韵"一词，如：

> 孙兴公为庾公参军，共游白石山，卫君长在坐。孙曰："此子神情都不关山水，而能作文。"庾公曰："卫风韵虽不及卿诸人，倾倒处亦不近。"孙遂沐浴此言。（《赏誉》）
> 阮浑长成，风气韵度似父，亦欲作达。步兵曰："仲容已预之，卿不得复尔。"（《任诞》）

在这里，"风韵"就是有关"山水"的"神情"，也就是遗落世事的精神气度。东汉以来，由于世族大家在政权中的支柱地位，其子弟从小即封爵享禄，逐渐养成一种以治生理为耻的观念，崇尚富贵生活里的优游闲适，而视致力于经济世务的官吏为"伎俩之业"："本于事能，其道辨而且速。其未达也，为众人之所异；已达也，为官司之所任。其功足以理烦纠邪。其蔽也，民劳而下困。其业也，细而不泰，故为治之末也。"（《人物志·利害》）实际也是清谈形成的因素之一。所以，我们看到，在六朝人的话语中，韵度往往与人物的玄远弘方有关。袁宏《三国名臣序赞》："景山恢诞，韵与道合。"就是说，徐邈之"韵"在于"恢诞"，即自然放纵。这是六朝人向往的理想精神状态。

把六朝的"风韵"与"风格"做一个简单的比较，就会发现二者的不同。风格是动态的，风韵是静态的；风格是内在浩然之气的显现，风韵是外在神情对内在修养的烘托。一个是表现价值的，一个是表现审美的。二者隐隐有互补的关系。这种互补的关系，在哲学上是儒家与道家的互补关系；在生活态度上是出与处的关系；在文学表现上是质与绮的关系。六朝士人对风格与风韵的推崇，对后世的审美理想的形成有极大的影响。他们在文学创作上是追求穷形尽相，而在对人的评价中却要求超越具体形貌的精神高格，这样就使后人有条件将象与意加以融合，创作出含蕴深沉、意境透脱的作品来。

第二节　唐代的意格理论与格、韵的初步融合

唐代有一类诗学理论著作非常引人注目，这就是兴盛于唐初和晚唐的大量诗格著作。我们上面说过，六朝已出现了"诗格"这一名称："陆平原多为死人自叹之言，诗格既无此例，又乖制作本意。"可以看出，这里诗格是对诗的内容，而非格律、句式而言的。这是因为，作为一种传统文学体裁，形式与内容之间已经发生了比较固定的联系，无论在那一方面的改变，都会构成对传统的冲击，引发变革。因此，诗格著作的内容，不仅是对体裁法式的规定、探讨，也有对诗歌内容（题材、旨趣等）的规定，这在古人那里是不可分的。

由于诗格之书的写作重在实用，为的是指导诗歌创作，所以内容多为琐碎的作诗技巧。今人张伯伟在《全唐五代诗格校考》序言里说："初、盛唐的诗格，在内容上大多是讨论诗的声韵、病犯、对偶及体势。"① 如现存最早的《笔札华梁》（上官仪著，张伯伟《全唐五代诗格校考》收录）论诗有"八阶"（咏物阶、赠物阶、述志阶、写心阶、返酬阶、赞毁阶、援寡阶、和诗阶）、"八对"（的名对、隔句对、双拟对、联绵对、异类对、双声对、叠韵对、回文对，《文笔式》增益为十二对）"八病"（平头、上尾、蜂腰、鹤膝、大韵、小韵、傍纽、正纽）等名目，而后来《文笔式》《诗髓脑》《诗

---

① 张伯伟. 全唐五代诗格校考 [M]. 西安：陕西人民教育出版社，1996：6.

格》等更有大量的声病、对仗等格律方面的规范。这些东西是从齐
梁开始的研究习惯，主要就是为了使诗的音调更加圆美。

但诗歌之美毕竟不只是靠音调来完成的，它还应该包括意象和
格调方面的努力。盛唐以后的诗格著作中，对意、格的讨论成了主
要的部分。尽管还是为初学者写作的规范，但后来的著作明显加强
了审美方面的要求。张伯伟认为晚唐五代诗格的论述中心基本上是
三个方面，即"门""物象"和"体势"（《全唐五代诗格汇考》前
言《诗格论》），而就其论述内容来看，不如说是"作用"和"体
势"两个方面（即意和格）。这样，就产生了唐代独具特色的意格
理论。诗格著作内容的变化，真切地记录了唐诗创作观念与审美趋
向的演变。以下我们对其作比较详细考察。

对意和格的讨论，其实从盛唐时就开始了，只不过不如后来那
么明显。上官仪《笔札华梁》中有《论属对》一篇（张伯伟从《文
镜秘府论》北卷辑出），不但探讨对偶的规则，也讲明了对偶的意
义："凡为文章，皆须对属。诚以事不孤立，必有匹配而成。""故
言于上，必会于下；居于后，须应于前。使字句恰同，事义殷合。"
"夫属对者，皆并见以致辞。不对者，必相因以成义。""在于文章，
皆须对属。其不对者，止得一处二处有之。若以不对为常，则非复
文章。"指出对偶的意义在于显示事物及其含义的完整性，不仅仅是
音调的关系。这实际上就是我们谈的用意。这篇文章的开头说："凡
为文章，皆须对属。诚以事不孤立，必有匹配而成。至若'上'与
'下'，'尊'与'卑'，'有'与'无'，……如此等状，名为反对
者也。"空海注："事义各相反，故以名焉。"以事义而不是声韵为
对偶的分类标准，说明其对诗意的重视，由此才有数、方、色、气、

物、形、行、世、位等对偶的类目，是对传统"八对"说的扩展。

而要成功地将意表现出来，就是构思的问题。《文笔式》云："凡作文之道，构思为先，亟将用心，不可偏执。何者？篇章之内，事义甚弘，虽一言或通，而众理须会。若得于此而失于彼，合于初而离于末，虽言之丽，固无所用之。故将发思之时，先须惟诸事物，合于此者，理可结。通人用思，方为得之。"（《论体》）此处的"理"指所要表现的事理（"事义"）。作者认为，言语的华丽并不能成为一篇作品（这里主要指韵文）成功的决定因素，必须事理通贯，然后选择与此事理相关的事物（物象）来组织行文，方能完成作品的写作。构思与写作是同步进行的。表现在不同文体的写作中，由于各种文体具有不同的性质与用途（可以看作每种文体的总的"意"），所以构思时要考虑到不同文体的需要，"建其首，则思下辞而可承；陈其末，则寻上义不相犯；举其中，则先后须相依附"（同上），完成文意的表达。在此基础上，各种文体才表现出自己的独有的风格特征，如颂、论的博雅，铭、赞的清典，诗、赋的绮艳，诏、檄的宏壮，表、启的要约，笺、诔的切至，等等。甚至同是诗歌，不同的体裁（一言、二言、三言以至九言）都有不同的特点。只要"遵其所宜，防其所失"，就会把各种文体的风格发挥出来。"体"既是文体，又是风格，在古代这是合而为一的。具体到创作中，要注意四个方面的问题："一者分理务周；二者叙事以次；三者义须相接；四者势必相依。理失周，则繁约互舛；事非次，则先后成乱；义不相接，则文体中绝；势不相依，则讽读为阻。"（《文笔式·定位》）.

上面是对整篇作品的构思、安排而言。在后来的著作中，论者逐渐把整体与局部综合起来加以考虑，对造语、布局的研究更加细化。唐高宗时的元兢写了《诗髓脑》一书，有《文病》一篇，在沈约声律"八病"之外又别为新的"八病"，包括龃龉、丛聚、忌讳、形迹、傍突、翻语、长撷腰、长解蹬八种，除龃龉以外，都是从事义、物象着眼的。如丛聚病："丛聚病者，如上句有'云'，下句有'霞'，抑是常。其次句复有'风'，下句复是'月'，俱是气象，相次丛聚，是为病也。"就是指的物象的重复堆叠，臃肿不利。无名氏《诗式》所提出的"六犯"（犯支离、犯缺偶、犯相滥、犯落节、犯杂乱、犯文赘）也是从相同角度看问题的。可以看出，由声病拓为义病和形病，由揭示禁忌转向句法研讨，是唐代诗歌理论的主流。因为到了唐代，对诗歌声、韵的要求逐渐放宽，必然导致对诗歌审美态度的变化。不仅注重诗的音乐美，更注重诗的形象美。这样，作者就有条件在语意、形象上下功夫，从而使相关的问题成为研究的重点。元兢说沈约所提出的八病中只有"平头""上尾""鹤膝""蜂腰"四种是必须避免的，其余四种"但须知之，不必须避"（《文病》），肯定是当时普遍的看法。

旧题王昌龄所撰之《诗格》，是唐代意格理论形成的标志。其《论文意》一篇可以看作意格理论的开篇之纲领。

凡作诗之体，意是格，声是律，意高则格高，声辨则律清，格律全，然后始有调。用意古人之上，则天地之境，洞焉可观。古文格高，一句见意，则"股肱良哉"是也。其次两句见意，则"关关雎鸠"是也。其次古诗，四句见意，则"青青陵上柏，磊磊涧中石。人生天地间，忽如远行客"是也。又刘公幹诗云："青青陵上松，瑟瑟谷中风。风弦一何盛，松枝一何劲。"
此诗从首至尾，唯论一事，以此不如古人也。

为避免引起"误读"，有必要对这一段话作些简要的解释。"意
是格"即意决定格。《调声》一篇说"凡四十字诗，十字一管，即
生其意。头边廿字一管亦得。六十、七十、百字诗，廿字一管，即
生其意。"似乎意就是中心思想的意思。实际上，这里的"意"既
非事，亦非义，而是主体情志的综合，是诗歌创作意念的集中体现。
意高即谓主体情志的高超的感召力。《说文》："意，志也。"意是人
心中占据重要地位的愿望、理想，是比较庄重的、强烈的意念。李
世民《冬狩》："心非洛汭逸，意在渭滨游。禽荒非所乐，抚辔更招
忧。"（《全唐诗》卷一）刘长卿《太行苦热行》："永怀姑苏下，因
寄建安作。白雪和诚难，沧波意空托。陈琳书记好，王粲从军乐。
早晚归汉庭，随君上麟阁。"（《全唐诗》卷二十四）明显与一般的
念思不一样，是对作者（主人公）有重要意义的想法。

作为诗歌中的意，无疑对整篇诗歌有决定性的意义。所以王昌
龄在论述文意时特别说明意的产生过程在于志的艺术化：

诗本志也，在心为志，发言为诗，情动于中而形于言，然
后书之于纸也。高手作势，一句更别起意，其次两句起意。意
如涌烟，从地升天，向后渐高渐高，不可阶上也。下手下句弱
于上句，不看向背，不立意宗，皆不堪也。

心中有志产生以后，方能书之于纸，意就是志在诗中的具体表

现。同时，这个"意"又具有独立性，能不受志的拘牵，"从地升天，向后渐高渐高，不可阶上也"，可见是同时综合了志的思想性和对志的主体审美感受，其内涵的表达方式必然是复杂的。作诗讲究作法，正是在于对意的表达既要充分，又要符合篇幅、句式、声律、审美的要求。

由于意具有审美的功能，所以王昌龄特别提出"意境"一说。卷中"诗有三境"篇曰：

> 一曰物境，二曰情境，三曰意境。物境一。欲为山水诗，则张泉石云峰之境，极丽绝秀者，神之于心。处身于境，视境于心，莹然掌中，然后用思，了然境象，故得形似。情境二。娱乐愁怨，皆张于意而处于身，然后驰思，深得其情。意境三。亦张之于意，而思之于心，则得其真矣。

所谓的"物境""情境""意境"，就是诗歌里表现的一定范围的物象、感情、心意。这里的"意境"与后来美学上的意境完全不同，是被当作刻画对象的意而存在的，在王昌龄看来，此处之意与物象、感情处于同一审美层面上，意境抒写在"得其真"而不是得其神妙。后来题为白居易撰的《文苑诗格》引古诗"路远喜行尽，家贫愁到时"解释"意境"说："家贫是境，愁到是意。"可见唐人所说意境的意思。到晚唐时，旧题贾岛所撰的《二南密旨》据此将诗分为情、意、事三格（类），但将意放在首位，不言物境，说明意在诗学中的地位越来越突出了。由于意的模糊性和抽象性，客观上有着不同于物象，情感更高的审美效果，从而开了诗学中"尚意"

一派，表明唐诗学向宋诗学的第一次蜕化①。

对"意境"即意的表现，必然会导致对表现手段的探讨。这就引出势与格的问题。与《文心雕龙》的定义不同，这里的"势"即是"十七势"一篇中的势，也即后来说的句法，兼有造语和立意的成分。势与格实为一物，势是未成之格，而格是完成的势。势和格都是对意的表现手段。"古文格高，一句见意"云云，是指对好意的表现之自然高妙。《论文意》云："诗有意好言真，光今绝古，即须书之于纸；不论对与不对，但用意方便，言语安稳，即用之。若语势有对，言复安稳，益当为善。"要求完美地表现所立之意，而尽量不显造作痕迹。王昌龄又云：

> 诗有天然物色，以五彩比之而不及。由是言之，假物不如真象，假色不如天然。如"池塘生春草，园柳变鸣禽"，如此之例，皆为高手。中手倚傍者，如"余霞散成绮，澄江静如练"，此皆假物色比象，力弱不堪也。

高手就是宋人说的"缚虎手"。力弱即是"格下"。这里很明显是否定齐梁而追踪汉魏的诗学理想。我们看他所举的"好势"和"高格"的例子，多数是古诗和汉魏诗歌。如《诗有五趣向》："高格一。曹子建诗：'从军度函谷，驰马过西京。'"又《诗有语势三》："好势一。古诗：'浮云蔽白日，游子不顾返。'江文通诗：'黄云蔽千里，游子何时还。'"可见都是不见制作痕迹的。

---

① 陈伯海. 唐诗学引论 [M]. 上海：东方出版中心，1992：29－31.

王昌龄的意格理论主要包括：立意的重要性、立意的方法、意的实现与创作要求、意格高下等等。为免重复引用占据篇幅，下面将有关言论选其有代表性的收集于此，其义自现。

夫作文章，但多立意。令左穿右穴，苦心竭智，必须忘身，不可拘束。思若不来，即须放情却宽之，令境生。然后以境照之，思则便来，来即作文。如其境思不来，不可作也。（方法）

夫文章兴作，先动气，气生乎心，心发乎言，闻于耳，见于目，录于纸。意须出万人之境，望古人于格下，攒天海于方寸。诗人用心，当于此也。（方法、高下）

凡属文之人，常须作意。凝心天海之外，用思元气之前，巧运言词，精练意魄。所作词句，莫用古语及今烂字旧意。改他旧语，移头换尾，如此之人，终不长进。为无自性，不能专心苦思，致见不成。（重要性、方法、高下）

凡作诗之人，皆自抄古今诗语精妙之处，名为随身卷子，以防苦思。作文兴若不来，即须看随身卷子，以发兴也。（方法）

凡作文，必须看古人及当时高手用意处，有新奇调学之。（方法）

夫诗，入头即论其意。意尽则肚宽，肚宽则诗得容预，物色乱下。至尾则却收前意。节节仍须有分付。（意的实现与创作要求）

诗不得一向把理，须纵横而作。不得转韵，转韵即无力。落句须含思，常如未尽始好。（意的实现与创作要求）

诗意高谓之格高，意下谓之格下。古诗："耕田而食，凿井

而饮。"此高格也。沈休文诗："平生少年日，分手易前期。"此下格也。（高下）

欲立意，故有"三思"（生思、感思、取思）；能立意，故有"三得"（趣、理、势）、"三不"（不深则不精；不奇则不新；不正则不雅）；欲达意，故有"五用"（用字、用形、用气、用势、用神）；有高格，故有"六式"（渊雅、不难、不辛苦、饱腹、用事、一管抟意）；这样就形成了一个细密而庞大的理论系统。

嗣后众多诗格著作都开始对意格加以关注，作了大量的讨论，但一般不出王昌龄《诗格》的论述范围。唐玄宗时的皎然部分继承了王昌龄的观点，如谓："古诗以讽兴为宗，直而不俗，丽而不巧，格高而词温，语近而意远，情浮于语，偶象则发，不以力制，故皆合于语，而生自然。"又"古人后于语，先于意。因意成语，语不使意，偶对则对，偶散则散。若力为之，则见斧斤之迹。故有对不失浑成，纵散不关造作，此古手也。"① 讲究兴象，意格，用语简练，表达自然，"不辛苦"，等等，都与王昌龄一脉相承。但皎然在论述立意的方式时，特别提倡立意的独创性，不求依傍，更反对王昌龄用古人作品"发兴"的做法。他说："诗人立意变化，无有依傍，得之者悬解其间。"又曰："前无古人，独生我思，驱江、鲍、何、柳为后辈，于其间或偶中者，岂非神会而得也？"②

正因为如此，他竟以用事与否来分别格之高下，认为诗有五格：

---

① 张伯伟. 全唐五代诗格校考［M］. 南京：凤凰出版社，2002：179.
② 张伯伟. 全唐五代诗格校考［M］. 南京：凤凰出版社，2002：321.

"不用事第一；作用事第二；直用事第三；有事无事第四；有事无事，情格俱下第五。"王昌龄已说过"用事不如用字"(《诗格》"诗有五用例"条，其余为"用字不如用形""用形不如用气""用气不如用势""用势不如用神")，而此处虽略嫌偏颇，毕竟是提出了一个立格的标准，比王昌龄的理论具体化了。到齐己的《风骚旨格》，则明确地提出"上格用意，中格用气，下格用事"的评判标准，这是综合了王昌龄、皎然二人论述而加以变化的结果。《文章宗旨》一篇以谢灵运为得格之范例：

> 　　康乐公早岁能文，性颖神彻，及通内典，心地更精。故所作诗，发皆造极，得非空王之道助邪？夫文章，天下之公器。安敢私焉？曩者尝与诸公论康乐，为文真于情性，尚于作用，不顾词彩，而风流自然。彼清景当中，天地秋色，诗之量也；庆云从风，舒卷万状，诗之变也。不然，何以得其格高、其气正、其体贞、其貌古、其词深、其才婉、其德宏、其调逸、其声谐哉？……惠休所评'谢诗如芙蓉出水'，斯言颇近矣。故能上蹑风骚，下超魏晋。建安制作，其椎轮乎！

"真于情性"，故无须用事；"尚于作用"，故不废雕琢。《诗式》首列"明势""作用"两篇，势即笔力、精神（此与王昌龄不同），作用即措意独到之法。此为作诗的内在基础。

真正围绕意格来阐述诗学问题的是题为白居易所撰的《金针诗格》。此书抓住了中唐以来诗学的核心问题，对五代至宋朝的诗学思想影响颇大，所以被人称述相当多。中唐以后的诗歌创作，无论是韩孟诗派还是元白诗派，在向盛唐人学习的时候，注意到了物色；而在自己创新的时候，则选择了尚意。立意真正成为诗家第一要义。奇险、轻俗，皆可以立意衡之。"诗有三本"条说："一曰有窍。二曰有骨。三曰有髓。以声律为窍，以物象为骨，以意格为髓。凡为诗须具此三者。"此为《金针诗格》之诗歌本体论。为诗最重要的一点，即是立意与立格。作诗孕育于意格（格是意的具体化），组织于物象，完成于声律。在这里，物象不再是盛唐诗学中兴感发生的中心环节，而是蜕化为完成意格的手段，换言之，是"假象见意"，而非"貌题直书"（《诗式》"团扇二篇"条）。"诗有物象比"条说的"日月比君臣""松柏比节义"等等以象比理（义）的规定，虽有僵化之嫌，而实是诗学观念发生转变的反映。这对中国诗学的发展具有重要意义。

确立了诗的本体特征以后，《金针诗格》围绕意格从诗歌的构思、创作、品类、格式诸方面进行了精辟的论述，而这所有的论述都贯彻着对高意、高格的要求。在《金针诗格》中，意分内意、外意，内意是对诗之义理，即美、刺、箴、诲之类的构思。外意是对诗之物象，日月山川草木之类的构思。（"诗有内外意"条，《校考》页326）五代徐寅《雅道机要》云："内外之意，诗之最密者也。苟失其辙，则如人去足，如车去轮，其何以行之哉？"并且就不同题材论述诗的内外意亦各有差别，如写赠人则"外意须言前人德业，内意须言皇道明时"，举例云"夜闲同象寂，昼定为吾开"。就是说，立意——构思的内容可以直接是一个概念，而不必触物兴感。这一区分，清晰地表明了唐诗学的分流，以及唐诗别调的独立。所以诗的写作随之就可以只须"比"而无须"兴"了。联系到中唐的新乐府运动宣称"歌诗合为时而作"，应该承认这种区分的事实依据。

这样，意决定格，有时就会成为理决定格。所以《金针诗格》把美、刺、规、箴、诲五种政教方式作为诗的"五理"，又把纪帝德、干王道、讽上作为诗的"三体"，就说明诗歌的价值取向已成为诗歌创作的内在规定。"诗有五忌"条认为诗应忌"格懦""字俗""才浮""理短""意杂"，短于理即诗之一失。此为诗学论著中首见，后来特别是宋代则人人能道了。"格懦""意杂"也与此有关。由于此"理"是有特点内容的，在理的范围之中则是纯粹的，不在此理的范围之中即是芜杂的了。《金针诗格》对诗歌的纯粹性特别重视，多次提到。纯粹与否，直接关系到诗格之高下。"诗有魔"一条谓："好吟而不工者才卑也；好奇而不纯者格卑也。"王昌龄《诗格》、皎然《诗式》中，格高就是不见制作痕迹，但却极力强调立意之奇；《金针诗格》却要求诗歌不仅技巧上泯灭痕迹，内容上也要归于雅正。所以只继承了他们观点的一半，却对另一半大加贬斥了。又，王昌龄、皎然皆以不用事为工，用事为次，但《金针诗格》却以为"指事不实"为不入诗格的，也是大相径庭。于是，分别诗歌的等级的标准就是："一曰纯而归正者上等也。二曰淡而有味者中等也。三曰华而不浮者下等也。"（"诗有上中下三等"，《校考》330页）"纯而归正者"就是所谓"诗人之诗"，"华而不浮者"就是所谓"词人之诗"；"诗人之诗雅而正，词人之诗才而辩。"（"诗有二家"条，《校考》334页）这对《二南密旨》《风骚旨格》《诗中旨格》等诗格著作的诗学教化观有相当大的影响。

那么，如何才能得致纯粹呢？一是要用意含蓄，二是要中和情感，三是要锻炼句、字、意、格。前两条实际是相通的。"诗有内外

27

意"条："内外意皆有含蓄，方入诗格。"（《校考》326 页）上面说的诗分三等，最下等也是"华而不浮"，"不浮"就是含蓄。那么浮华者是不入诗格的。《金针诗格》认为，"轻重不等，用意太过，指事不实，用意偏枯"都不符合最基本的作诗要求。（"诗有四不入格"，《校考》330 页）用意太过即是不含蓄，而指事不实就是轻浮。这不但是用意的问题，实际上也是做人和对待感情的态度。故人有七情六欲，皆可发为诗句，但都不能太过：太喜则诗思难以约束，太怒则诗思过于狂躁，太哀则诗思过于戚郁，太乐则诗思过于放荡。（"诗有四得""诗有四失"，《校考》329 页）作者甚至明确要求在写作时要"说见不得言见，说闻不得言闻，说远不得言远，说静不得言静……"等等，这是说得有些过于简略了。实际上皎然《诗式》说得确切一些："静，非如松风不动，林狖未鸣，乃谓意中之静。""远，非如渺渺望水、杳杳看山，乃谓意中之远。"（《辩体有一十九字》）后来宋代桂林僧景淳在《诗评》卷首的论述也很详细。

　　《金针诗格》提出写诗要炼句、炼字、炼意、炼格，这是被后世诗家奉为圭臬的论断。在炼字方面，要求"字欲得清"，即用以代表物象形体的字不要太华丽，以显淳朴；在炼句方面，要求"句欲得健"，即句法劲健，以显纯正；在炼意方面，要求"意欲得圆"，即诗思运用的含蓄圆满；在炼格方面，要求"格欲得高"，即诗歌的总体风貌要有高远气象。（"诗有四得"，《校考》327 页）作者认为："炼句不如炼字，炼字不如炼意，炼意不如炼格。"四炼当中明显有一个层次的递进。这与王昌龄《诗格》提出"用事不如用字""用字不如用形""用形不如用气""用气不如用势""用势不如用神"是一脉相承的。但是，比较一下可以看出，《金针诗格》不再对用事、用形（形象）给予注意，而将句、字、意等表现言意关系的范畴放在主要的地位。王昌龄的"气、势、神"在这里也被总归为一个"格"字，使格的含义更加明晰而丰富。在这种情况下，格已明显具有形而上的意义，其审美意味大大增加，并与诗歌的神韵融为一体了。

这样，作为诗学范畴的格的意义，在唐代诗学中已基本全部出现。在出现、发展的过程中，它不可避免地要与其他范畴发生联系。

第三节　唐代的"风韵"及美学理想的初步人格化

唐代诗学对韵的认识，一是产生于创作实践中对形象之韵味的表现，一是产生于诗学批评中对诗歌鉴赏与创作理论的阐发。前者是以形象激发人的想象潜能，后者则是通过留空的方式给人以想象的余地。

本来，唐诗重兴象韵味，兴象韵味之间则有异质同构，相依相生的关系。诗歌以兴感触动不可详析的心意；物象以其自在自由的性态而具有多重的意念联想，这使诗的韵味与可以联想的空间丰富了许多。从诗人们的创作追求来看，更自觉地以物象的锻炼为创作的主要内容。他们对前人进行学习时，也多以"二谢"为楷模，从李白对谢朓的叹赏，到钱起自比小谢的迷恋，都能看出唐人对诗歌形象之韵味的喜好。

王昌龄《诗格》中说："欲为山水诗，则张泉石云峰之境，极丽绝秀者，神之于心。处身于境，视境于心，莹然掌中，然后用思，了然境象，故得形似。"就是探索物象之"神"，以物视物，"视境于心，莹然掌中"，发现、表达物象的自足自在以及由此焕发出的生命意味。许学夷评唐诗谓"以兴象为主，以风神为宗"（《诗源辩体》卷三十四），刘熙载评唐诗"以情韵气格胜"（《艺概·诗概》），都是由此而来。

像《文心雕龙》一样，唐人论诗时所说的"韵"多数是韵律的意思。但是，从不多的论述里，我们发现他们已将韵的形而上的意义（神韵、韵味）用到了诗歌评论里。王绩《答冯子华处士书》："吾往见薛收《白牛溪赋》，韵趣高奇，词义旷远，嵯峨萧瑟，真不可言。"从欣赏的角度指出《白牛溪赋》韵之"高"在于诗意的意味深长。其中最典型的例子，莫过于唐人对"二谢"的评价。李白评谢朓说"蓬莱文章建安骨，中间小谢又清发"，是说他诗歌风格的清新流丽；钱起说自己"能清谢朓思，暂下承明庐"，是说他诗歌立意运思的高远。钱起又在《奉和张荆州巡农晚望》里说："宣城传逸韵，千载谁此响。"（《钱考功集》卷二）更是明确地透过诗歌想象人物的风韵，比六朝的用法前进了一步。将诗格与人格相联系，是"知人论世"思想在诗学中的表现。皎然在《诗式》里论诗歌风格时说："风韵朗畅曰高。"（《辨体有一十九字》）也是将六朝以韵论人的习惯用在了诗歌里，风韵朗畅既可指人物的意度潇洒，也可指指诗歌"清水出芙蓉"式的清新秀朗。在《辨体有一十九字》中，高、逸、贞、忠等十九种风格，都是从人的精神状态入手，对诗歌作出的评论。

在诗格著作中，谈韵味者绝少。皎然《诗式》卷一论诗有"文外之旨"，《金针诗格》谈到作诗要用意含蓄，方可作诗；又论诗有"淡而有味"一等（引文见上），显是已意识到韵味的问题。旧题白居易撰《文苑诗格》云："为诗须精搜，不得语剩而智穷，须令语尽而意远。古诗云：'余霞散成绮，澄江静如练。'……"意远即是含有韵味。

值得注意的是，唐人谈诗之"韵"的时候，其内涵已经有了细微的区别，也意味着诗学之韵论出现了朝气格进化的前兆。司空图说：

> 诗贯六义，则讽谕、抑扬、渟蓄、温雅，皆在其间矣。然直致所得，以格自奇。前辈诸集，亦不专工于此，矧其下者耶！王右丞、韦苏州澄淡精致，格在其中，岂妨于遒举哉？贾浪仙诚有警句，视其全篇，意思殊馁，大抵附于寒涩，方可致才，亦为体之不备也，矧其下者哉！噫！近而不浮，远而不尽，然后可以言韵外之致耳。（《与李生论诗书》）

在这里，司空图以"诗六义"作为诗歌的本源，关注诗歌的艺术倾向和格调品味，从艺术价值上把握诗歌的审美效应。故在批评贾岛以字句为诗的缺点之后，提出诗歌的写作应"近而不浮"（温雅），"远而不尽"（渟蓄），并进而取得"韵外之致"。"韵外之致"是超乎一切形象、风格、技巧的审美境界。皎然《诗式》云："两重意已上，皆文外之旨，若遇高手如康乐公览而察之，但见情性，不睹文字，盖诣道之极也。向使此道尊之于儒，则冠六经之首；贵之于道，则居众妙之门；精之于释，则彻空王之奥。"这里的道不是指性情，而是从诗歌的表达能力来说诗歌所达到的思维高度，也是对技巧、构思的超越。我们且不管超越到何种程度（境界），这种纯粹思辨性的理想确实是具有超时代意义的。

而相对来说，皎然谈韵的时候，则是比较有正统气味："今所撰《诗式》，列为等第，五门互显，风韵铿锵，使偏嗜者归于正气，功浅者企而可及，则天下无遗才矣。"（《诗式》序）显然"韵"是出自"风"即风教，其所说的诗歌之韵带有某种特定的倾向性，这是与六朝不同的地方。顾陶《唐诗类选序》说"或风韵标特，讥兴深远，虽已在他集，而汩没于未至者，亦复掇而取焉……"也是这种新的含义出现的证明。此风韵其实是六朝的"风格"，许学夷说"唐人之诗虽主乎情，而盛衰则在气韵"（《诗源辩体》卷三十二），也是这种重在说人之精神气格的用法。我们在下面的论述中会看到，后者正是宋代韵论的根本基础。

可以看出，诗学中的韵论一经出现，便与格论有了息息相关的联系。在诗格的审美层面，相对应的是诗歌蕴藉的气象和"韵外之致"；在诗格的艺术层面，与作为诗歌体制的格相呼应，出现了以含蓄为特点的"文外之旨"；在诗格的精神层面，则与"高韵"发生了直接的沟通。这都是二者在上升到形而上的层次时发生的情况。相比其他范畴，如象、势、意等，虽都有不同程度的融合，但其融合的深度、层次是不可比较的。

诗学理论中格、韵的结合由此开始。

第四节　唐末的"气韵"与格、
　　韵并用现象的出现

检视唐人创作，将气格与风韵并提，最早出现在唐代后期。李群玉《辱绵州于中丞书信》：

一缄垂露到云林，中有孙阳念骥心。万木自凋山不动，百川皆（一作空）旱海（一作水）长深。风标想见瑶台鹤，诗韵如闻渌水琴。他日纵陪池上酌，已应难到暝猿吟。（《全唐诗》卷五百六十九）

李群玉（808—862）为晚唐时人，《唐才子传》称其"清才旷逸，不乐仕进，专以吟咏自适，诗笔遒丽，文体丰妍。……如王、谢子弟，别有一种风流。"（卷七）。他在这里称其友"风标想见瑶台鹤，诗韵如闻渌水琴"，即是说人物之品格如白鹤一般超尘拔俗，而为诗则如《渌水》琴曲一样宛转和雅，意趣高远。（马融《长笛赋》："中取度于《白雪》《渌水》。"李白又有乐府《渌水曲》）这两者是难分彼此的。李群玉称道友人的诗作，自然也是对其人的褒扬。如果我们把李氏赞扬友人诗作的话理解为他赞扬其人本身的语言，那么在这里李群玉实际上是把风标（即六朝的"风格"）视为与风韵不可分割的为人的两个方面，因其风格之高、韵度之远，故有"万木自凋山不动，百川皆旱海长深"的岳峙渊停的气度。这隐隐已含蕴着后来宋代"格韵"的主要意义。我们知道，宋代的格韵正是从人格出发到达诗学从而成为具有人文与诗学双重内涵的命题。

唐末的李中写有《庭苇》一诗，也有类似的用法：

> 品格清于竹，诗家景最幽。从栽向池沼，长似在汀洲。玩好招溪叟，栖堪待野鸥。影疎当夕照，花乱正深秋。韵细堪清耳，根牢好系舟。故溪高岸上，冷淡有谁游。（《碧云集》卷上）

李中以芦苇比拟隐士，"韵细堪清耳，根牢好系舟"两句，写芦苇的歌声悠扬清澈，芦苇根基牢固劲健，正是李群玉诗中艺术与气格相互映衬的写照。他的诗中多有类似表达高士性情的作品，《唐才子传》卷十引其"香入肌肤花洞酒，冷浸魂梦石床云"，又"西园雨过好花尽，南陌人稀芳草深"等句，认为是"惊人泣鬼之语也"。

唐末的张彦远在《古画品录》里也使用了这种风骨与气韵对举的语句形式。他评价吴道子说："唯观吴道玄之迹，可谓六法俱全，万象必尽，神人假手，穷极造化也。所以气韵雄状，几不容于缣素；笔迹磊落，遂恣意于墙壁。其细画又甚稠密，此神异也。"评价郑法士云："气韵摽举，风格遒俊。丽组长缨，得威仪之樽节；柔姿绰态，尽幽闲之雅容。"都是以风格（笔迹）与气韵相对称，把个人的精神修养与出众的技法相结合，才能成为伟大的画家。"至于传模移写，乃画家末事"，就跟尺子不能用在绘画中一样，没有高水平的人文素养，只能是画匠，成不了大师。所以张彦远的这个论断很值得注意："自古善画者，莫匪衣冠贵胄、逸士高人，振妙一时，传芳千祀，非闾阎鄙贱之所能为也。"这实际上就是文人画的宣言。

到了五代，荆浩的《笔法记》虽然也讲气韵，但是却是把气、韵分开讲的，气就是气格，韵就是神韵。"气者，心随笔运，取象不惑；韵者，隐迹立形，备仪不俗……"他认为绘画有有形、无形二病，"无形之病，气韵俱泯"，可见气、韵是两个不同的概念。他评价张璪"气韵俱盛"，评价王维"气韵高清"，都是以气格、韵致对举。这些都可以说明，气格与韵致在论者的眼中，都是两个不可或缺的评价概念。气韵，从而形成了一种固定词组，就是后来张戒《岁寒堂诗话》里讲的"格致韵味"。

这种并提的用法到宋代更加广泛。如陈善云"格高似梅花，韵高似海棠花"（《扪虱新话》），诗学论著中不仅多有气（格）韵并举的使用情况，同时格、韵的使用在词汇学上更加紧密，开始形成了固定的词组。在宋代，最先出现的并不是"格韵"而是"韵格"。尹师鲁《故朝奉郎司封员外郎直史馆柱国赐绯鱼袋张公墓志铭》："……议论有风采，惟韵格素高，而不自矜负，人亦乐与之游。"（《河南先生文集》卷十七，四部丛刊本，亦见于《全宋文》卷五百九十。）就是说张子皋（张齐贤之孙）有大家风范，不仅才学出众，连待人接物也平和温润，超出常俗。可见，晚唐以来对人的评价，不仅延续了六朝以来对人之品格的品鉴，更将人之风韵作为不可或缺的部分。也就是说，对士人的评价标准，不是只限于某一方面的内容，更要求综合的、内外结合的优秀精神风范。具体来说，就是既有内在的人格力量，又有外在的高超韵度。

后来张耒等人的文中还保留着这样的词语。他在《答李援惠诗书》中说："诗轴……韵格清奇，词藻俊发，其于用事尤精稳，足下

齿少而已能尔，何可量哉！"（《张右史文集》卷五十八，四部丛刊
本）评价李援的诗作立意、声调清新醒目，句法、用典都很出色。
此处"韵"与"格"的关系是非常紧密的，在结构上连为一体，是
作为一个整体来使用的。而且，跟上面尹洙以韵格论人不同，张耒
的用法扩展到了以韵格论诗，韵与格的内涵已经发生了交叉，很难
截然分开哪个是风格，哪个是韵味了。这跟同时代苏轼所说的"格
韵"已经内涵基本相同。不过，"韵格"一词使用的概率比"格韵"
还是少多了。

第二章

格韵说的出现与宋代诗学的转变

陈善《扪虱新话》云："欧阳公诗，犹有国初唐人风气。公能变国朝文格，而不能变诗格。及荆公、苏、黄辈出，然后诗格遂极于高古。"（《宋诗话辑佚》本）宋代诗格之变，来自宋人创作思想上的深刻变化，他们从对唐人写诗道路的沿袭到形成自身面貌，经历了近百年的历程。宋诗学的独立，因为他们的探索而得以成立。

第一节　邵雍与"格韵"一词的出现

"格韵"一词最初的提出者，不是传统意义上的诗歌作者，而由宋代中期的理学诗派奠基者邵雍提出。他在《年老逢春》里说：

> 年老逢春始识春，春妍都恐属闲身。能知青帝功夫大，肯逐后生撩乱频。酒趁嫩醅尝格韵，花承晓露看精神。大凡尤物难分付，造化从来不负人。（《伊川击壤集》卷十，四部丛刊本。以下出自同书者，只标卷数）

又在他著名的组诗《首尾吟》里说:

　　尧夫非是爱吟诗,诗是尧夫疏散时。早是小诗无检束,那堪大字更狂迷。既贪李杜精神好,又爱欧王格韵奇。余事不妨闲戏弄,尧夫非是爱吟诗。(卷二十)

"格韵"一词集中出现在一个人的作品中,在文艺批评史上是第一次。格韵一词含有丰富的意味。在这两首诗里,邵雍都是以"精神"与"格韵"对举,我们要理解格韵的含义,就可以通过对精神的理解而推出。那么,这里的"精神"是什么含义呢? 在邵雍之前,"精神"往往不是今人所说的主要内容(essence)、思想(spirit)或思想核心(vital spark)等意思,而是"精"与"神"两个词的结合(现在仍有"精、气、神"的说法),主要是精气的意思。《礼记·祭法》云:"山陵川谷丘陵能出云为风雨,皆曰神。"又《纂图互注礼记》卷二十云:"气如白虹,天也;精神见于山川,地也。"郑氏注:"精神亦谓精气也。虹,天气也;山川,地所以通气也。"又《孔子家语》卷八同条注:"精神本出山川,是故地也。"此处的精神为山川精华之气,有化生之功,是物质的。既然地气的精华是精神,那么同样的道理,心的精华就是聪明圣智:"子曰:心之精神是谓圣。"(《孔子集语》卷下)《韩诗外传》卷六:"箕子尽其精神,竭其忠爱,见比干之事免其身,仁知之至。"《吴越春秋》卷九:"越王曰:寡人被辱怀忧,内惭朝臣,外愧诸侯,中心迷惑,精神空虚,虽有九术,安能知之?"其意义都是侧重于人的意志力、精力等方面的。后来的精神之义多侧重于内心的力量以及思想、意志,这是受中国哲学不断发展、影响的结果。

邵雍所说花承晓露之"精神",当然不是花的"气"或花的意志,而是观花人从花承晓露的景象中感受到的生命的本质力量,是人的内在力量和主体性的反射。也就是说,"精神"首先是一种感性的存在,它既包含了生命的现象,也包含了生命的力量,以及给别人的精神享受。为了说明"精神"的这种意思,我们可以再举一个例子,王禹偁的《睡十二韵》:

> 此境一何醇,熙熙别得春。有声皆俗格,无梦是天真。壁上登山屐,床头漉酒巾。轻轻龟喘息,苒苒蝶精神。滞寂通禅理,无何等道人。(《小畜集》卷八)

这里更加清楚地说出了"精神"的含义,是全真、自然、无有窒碍的人生境界。王禹偁举出陶渊明、谢灵运为人生的理想,显然是对自然感到的亲切与领会生命之真髓的向往。王禹偁《日长简仲贤》论诗曰:"子美集开诗世界,伯阳书见道根源。"(《小畜集》卷九,四库全书本)他以白居易传人自居,主张学习杜甫的诗法,但是又主张诗歌立意要不离魏伯阳一样的道心。《周易参同契》第六十二章云:"将欲养性,延命却期。审思后末,当虑其先。人所禀躯,体本一无。元精云布,因气诧(托)初。"养元全性,是宋人作诗的重要出发点。在这个意义上,宋人对王禹偁的尊崇也就可以理解了。苏颂云:"窃谓文章末流,由唐季涉五代,气格摧弱,沦于鄙俚。国初屡有作者留意变风,而习尚难移,未能复雅。至公特起,力振斯文,根源于六经,枝派于百氏,斥浮伪,去陈言,作而述之,

一变于道。"(《小畜外集序》，苏魏公文集卷六十六，四库全书本）
以道为文，方有气格。

司空图对于诗歌之精神有过精确的解释："欲返不尽，相期与来。明漪绝底，奇花初胎。……生气远出，不著死灰。妙造自然，伊谁与裁。"(《二十四诗品·精神》）说明自然界的"精神"就是自然神妙的生生不息。"滞寂通禅理，无何等道人"，是将这种归于自然的性灵与佛禅境界相互沟通了。邵雍所言之"格韵"则跟这种生命力的"精神"不同，它既有人性的生机活泼，又充满理性的智慧，它的出现与北宋的乐世文化有着密切的关系。

老年的邵雍在参透宇宙原理以后，仍然热爱多彩的人生，面对生机勃勃的自然景物时感到造化的伟大，无时无刻不在表达着他对美好事物的欣赏与留恋，如《年老逢春八首》《安乐吟》等。"一岁正荣处，三春特盛时。是花堪爱惜，况见好花枝。"（《老年才会惜芳菲》，《笺年老逢春八首》之二，卷十一）《喜乐吟》："生身有五乐，居洛有五喜。人多轻习常，殊不以为事。吾才无所长，吾识无所纪。其心之泰然，奈何人了此。"自注："一乐生中国，二乐为男子，三乐为士人，四乐见太平，五乐闻道义；一喜多善人，二喜多好事，三喜多美物，四喜多佳景，五喜多大体。"（卷十）这些喜与乐的感情平常人会有前四种，但很少会有最后一种。这就是老年人兼一个哲学家的特点：他看待事物不是以一己之好恶来评价，而是从一种精神的高度上去对之进行思考。他的感情本质上与平常人一样，但出发点、内涵已经变化了。所谓的"安乐"，所谓的"格韵"，应当从这个角度去进行考虑。

第二节　"格韵"与人格精神的审美化

邵雍是一个哲学家，也是一个诗人，但是他跟我们熟知的诗人不同，他的为学与创作之间的边界很模糊。这也是理学诗派的共同特征。谢桃坊先生认为理学诗派的共同特点是：思想内容力求雅正，诗意的表达要求明洁，提出浅易的语言，崇尚自然的作风。[①] 而邵雍写诗更是不为作诗之囚的人，他的作品虽多，却都是随意吟出，率尔成章，自己也说"平生无苦吟，书翰不求深"（《无苦吟》），写诗的目的在于"行笔因调性，成诗为写心。诗扬心造化，笔发性园林"（同上），只是为了吟咏性情，为了教化风俗。哲学方面的先天学说和诗歌方面的《击壤集》都是他大道之心的不同角度的表现。《四库全书总目提要》认为，《击壤集》时代的作者们"厌五季佻薄之弊，事事反朴还淳，其人品率以光明豁达为崇，其文以平实坦易为主，故一时往往衍长庆余风。"这不仅是对邵雍的评价，也是对王禹偁、周敦颐等人的评价。宋初白体流行百年之久，宋人不仅是沿袭其文风，更是欣赏其人生态度。日本的长泽规矩也教授认为：

　　理学家戒作无用之文，认为文是载道的工具，因此在他们看来，作诗不过是一种余技，率直地吐露思想罢了，因此竟奔说理一途，很有许多作品，根本就不像诗。这派诗人中，北宋

---

① 谢桃坊. 略论宋代的理学诗派［J］. 文学遗产, 1986（3）.

有邵雍大胆地咏述思想，颇有禅味，南宋的大儒朱熹长于五古，这二位大家，简直可以看作诗人。①

在邵雍的笔下，洛阳的生活中最不能缺乏的就是赏花和喝酒。他赏花，并不拘种类贵贱，野外山花、园中芳草、名贵花卉都在题咏之列。梅花、牡丹是其最爱题写的，桃、李、杏等也时入笔下。他喝酒频繁，但一般不会喝醉，微醺而已。这与欧阳修、苏轼的饮少辄醉实是异曲同工。赏花与喝酒，在他身上难以分开：

山南地似岭南温，腊月梅开巳浃辰。耻与百花争俗态，独殊群艳占先春。角中飘去凄于骨，笛里吹来妙入神。秀额妆残粘素粉，画梁歌暖起轻尘。宰君惜艳献州牧，太守分香及野人。手把数枝重叠嗅，忍教芳酒不濡唇。(《和商守宋即中早梅》，卷二)

九日登高会，寻幽讲雅欢。俗风追故事，天气荐轻寒。白酒连醥饮，黄花带露观。消沉浮世事，何足重汍澜。(《秋怀三十六首》，卷三)

瓮头喷液处，盏面起花时。有客来相访，通名曰伏羲。(《美酒饮教微醉后》，《笺年老逢春八首》之五，卷十一)

酒到醺酣处，花当烂漫时。醺酣归酪酊，烂漫入离披。(《只恐人间都未知》，《笺年老逢春八首》之八，卷十一)

酒中渍后香尤烈，笛里吹来韵更清。此韵此香来处好，此

① 长泽规矩也. 中国学术文艺史讲话 [M]. 胡锡年，译. 太源：山西人民出版社，2015：136.

时消得一凝情。(《同诸友城南张园赏梅十首》，卷十三)

　　四时唯爱春，春更爱春分。有暖温存物，无寒著莫人。好花万蓓蕾，美酒正轻醇。安乐窝中客，如何不半醺。(《乐春吟》，卷十五)

　　观花以发兴，喝酒而得乐。相对于花的感性的"精神"，酒的"格韵"便是新酒入口时产生的那种怡人的清香以及随之而来的回味不尽的适意感觉，也就是邵雍在诗中说的"轻醇"。这是兼有具体与抽象的审美体验。不单是一种味觉的刺激，更含有感官体验之后的回味与想象。毋宁说，他是在体验一种理想的境界而已。这种境界就是他说的行乎身与时而不伤身、不伤性、不伤物的得道的境界。《宋史》本传云："（在洛）旦则焚香燕坐，晡时酌酒三四瓯，微醺即止，常不及醉也，兴至辄哦诗自咏。春秋时出游城中，风雨常不出，出则乘小车，一人挽之，惟意所适。"(《宋史》卷一百八十六道学列传一) 为什么喜欢这种"半醺"的感觉呢？因为这是一种中和的境界，既能感受到酒味之美而不丧失对美的感受能力。不然，喝得酩酊大醉不但浪费，而且连喝酒的意义都丧失了。邵雍虽也曾经有过病酒的经历，但他的确是表示后悔的。

　　因此，邵雍对生命的热爱是发自内心的，但他自觉地不以一己之好恶加于别的事物，在他看来，造化安排的东西已经足够令人感到喜悦的了，庄子所说的"濠上之乐"在他身上得到了真正的实现：

　　尧夫喜饮酒，饮酒喜全真。不喜成酩酊，只喜成微醺。微醺景何似，襟怀如初春。初春景何似，天地才絪缊。不知身是

人，不知人是身。只知身与人，与天都未分。（《喜欢吟》，卷十八）

"不喜成酩酊，只喜成微醺。"这种微妙的"半知觉"不同于李白酩酊大醉的迷狂，更像是一种与世界亲近的距离，一种与人世拉开的距离。我们可以看到，与庄子不同的是，他对外物的感情充满了善的期待，而对恶的事物宁愿塞耳不听（《安乐吟》，见下）。他诗中的感情实质上是经过过滤的纯净的东西，不是未动情之性，而是理想化的情。《放言》："既得希夷乐，曾无宠辱惊。泥空终日着，齐物到头争。忽忽闲拈笔，时时自写名。谁能苦真性，情外更生情。"（卷三）真性即是人的自然性质，是自由的，不应受拘束的。而邵雍由普通的情而生发之"情外情"，可以超出平常的凡人的感情，而达致一种更纯粹的感情，同于真性的状态。须知"性以无心明，情由鉴止巳"（卷九《重游洛川》），性乃先天客观的存在，是人的先天性质，不依赖于别种事物而存在，故无心方能见性；情是后天受外界影响的产物，内容复杂，不分善恶，故应以人为鉴，节制约束以使之纯粹。他并不否定情，但认为情应该是积极的东西。所以，他的性情观是将庄子超越性的自然主义与孟子的性善论互相结合的东西。

《安乐吟》集中体现了他这种思想与行为的表现：

安乐先生，不显姓氏。垂三十年，居洛之涘。风月情怀，江湖性气。色斯其举，翔而后至。无贱无贫，无富无贵，无将无迎，无拘无忌。窘未尝忧，饮不至醉。收天下春，归之肝肺。

盆池资吟，瓮牖荐睡。小车赏心，大笔快志。或戴接篱，或著
半臂，或坐林间，或行水际。乐见善人，乐闻善事，乐道善言，
乐行善意。闻人之恶，若负芒刺。闻人之善，如佩兰蕙。不佞
禅伯，不谀方士。不出户庭，直际天地。三军莫凌，万钟莫致。
为快活人，六十五岁。（卷十四）

　　开头相似于陶渊明《五柳先生传》，有古之真人的味道。不过
"风月情怀，江湖性气"则点出了宋人独有的精神品格：胸襟开阔而
不忘天下，超然独举而忠于事情。黄庭坚后来以"光风霁月"形容
周敦颐之人格风范，朱熹的老师李侗认为"为善形容有道者气象"
（《延平先生李公行状》，《晦庵先生朱文公文集》卷九十七，四部丛
刊本）。不知黄庭坚的话是否受邵雍的影响，但清风朗月所代表的洒
落风致，实是宋人情怀、气质的绝好说明。他乐道爱善，随分所适，
不泥门派，戛戛独造。这正是宋人"格韵"的详细说明，不但讲求
对道的体悟，对道德的推及，更注重行事的合乎德性，以及个体的
独创性与坚持理想的精神。"三军莫凌，万钟莫致"，实际上是综合
了庄子的个性独立与孟子养吾浩然之气的精神力量。

　　所以，"格韵"一词如同"精神"一样，是由两个相互联系的
词组成的一个新的名词，其含义即是包含风雅之气韵与体现道性之
气格相结合的高风朗韵。以前的学者们将之分开理解，以为是气格
与韵味的结合（周裕锴《宋代诗学通论》）或者格致（体格）与韵
味的结合（陈应鸾《岁寒堂诗话校笺》）等等，都不是很确切的。
陈师伯海先生在《中国诗学之现代观》中说："晚唐以后，时代精
神由主气转为尚韵，至宋代，更与道学家倡扬的'内圣'功夫相结

合而成为'格韵'。格韵要求将道德修养含藏于平淡的外貌之下，其立格与尚韵趋向一致，显现为生命的内敛而非张扬，由此构成两宋道学人格与宋型文化的表记。"① 正如上一章所讨论的，此处之格由"气"演变而来，包含了风骨与体格的内容；"韵"的内涵则要深远得多，不仅包含了审美的韵味，也包含了人格的"道味"。道味和风骨内涵相通，但是内容和层次不同，一是哲学的，内蕴的，一是文学的，外显的。

以此反观邵雍的学术，也可以看出这种精神力量与风韵气度的合而为一。邵子之学是所谓的"先天"之学，先天与后天既是道的体用两个方面，又是道的先后两个发展阶段。今人余敦康先生认为，道家的物理之学着重于研究宇宙的自然史，可称之为"天学"，对先天之"体"有独到的体会；儒家的性命之学着重于研究人类的文明史，可称之为"人学"，对后天之"用"阐发得特别详尽。老子有天学而无人学，孟子有人学而无天学。尽管老子和孟子学派门户不同，分属道儒两家，仍是体用相依，并未分作两截，道家的"天学"与儒家的"人学"会通整合而形成一种互补性的结构，统摄于《易》之体用而归于一元。邵雍称物理之学即自然科学为"天学"，性命之学即人文科学为"人学"，在物理之学上推崇道家，在性命之学上推崇儒家，超越了学派门户之见，从儒道互补的角度来沟通天地人三才，构筑了中国哲学的全新体系。② 所以，在逻辑层次上，邵雍是将"器"还原为"朴"，以儒道学理的共同源头——《易》来完成了对儒道融合与会通。而在现实情况下，这其实是将学术与

---

① 陈伯海．中国诗学之现代观［M］．上海：上海古籍出版社，2006：219.
② 余敦康．内圣外王的贯通［M］．上海：学林出版社，1997：220-227.

实践进行结合的想法。

邵雍一生不曾做官，但于世代兴亡、社会民生一直关注着，他是想用一种精神工具来保护、完善他所在的太平盛世。他之所以不做官，除了想安贫乐道之外，也是不想因此丧失自己思想的纯洁性与学术立场。所以宋人称其为"风流人豪"（程颐语），就是因为他以内在的行动改变着外在的世界，显示出一种不同流俗的巨大精神力量。魏了翁称其"盖左右逢源，略无毫发凝滞倚著之意。"（《邵氏击壤集序》，《鹤山先生大全文集》卷五十二，四部丛刊本）冯友兰先生称他是的"中国的浪漫主义（风流）与中国的古典主义（名教）的最好的结合"（《中国哲学简史》第二十四章）。

第三节　邵雍的格韵说与时代精神

我们再来看邵雍的诗学思想。作为一个热爱生活的思想家，他对诗歌的思考也极有系统性，而且这种系统性也给我们的研究带来了方便。他的诗学思想集中体现在《伊川击壤集序》里面。为使读者有一个明白的对照，我把原文抄在下面：

《击壤集》，伊川翁自乐之诗也。非唯自乐，又能乐时与万物之自得也。伊川翁曰：子夏谓诗者志之所之也，在心为志，发言为诗，情动于中而形于言，声成其文而谓之音。是知怀其时则谓之志，感其物则谓之情，发其志则谓之言，扬其情则谓之声。言成章则谓之诗，声成文则谓之音，然后闻其诗，听其音，则人之志情可知之矣。且情有七，其要在二。二谓身也，时也。谓身则一身之休戚也，谓时则一时之否泰也。一身之休戚，则不过贫富贵贱而已；一时之否泰，则在夫兴废治乱者焉。是以仲尼删诗，十去其九；诸侯千有余国，风取十五；西周十有二王，雅取其六。盖垂训之道，善恶明著者存焉耳。

近世诗人，穷戚则职于怨怼，荣达则专于淫泆，身之休戚发于喜怒，时之否泰出于爱恶，殊不以天下大义而为言者。故其诗大率溺于情好也。噫，情之溺人也甚于水。古者谓水能载舟，亦能覆舟，是覆载在水也，不在人也。载则为利，覆则为害，是利害在人也，不在水也。不知覆载能使人有利害邪？利害能使水有覆载耶？二者之间必有处焉。就如人能蹈水，非水能蹈人也。然而有称善蹈者，未始不为水之所害也。若外利而蹈水，则水之情亦由人之情也；若内利而蹈水，则败坏之患立至于前，又何必分乎人焉，水焉？其伤性害命一也。性者，道之形体也；性伤则道亦从之矣。心者，性之郭郭也；心伤则性亦从之矣。身者，心之区宇也；身伤则心亦从之矣。物者，身之舟车也；物伤则身亦从之矣。是知以道观性，以性观心，以心观身，以身观物，治则治矣，然犹未离乎害者也。不若以道观道，以性观性，以心观心，以身观身，以物观物，则虽欲相伤，其可得乎？若然，则以家观家，以国观国，以天下观天下，亦从而可知之矣。

予自壮岁，业于儒术，谓人世之乐何尝有万之一二，而谓名教之乐固有万万焉。况观物之乐，复有万万者焉。虽死生荣辱转战于前，曾未入于胸中，则何异四时风花雪月一过乎眼也。

诚为能以物观物，而两不相伤者焉。盖其间情累都忘去尔。所未忘者，独有诗在焉。然而虽曰未忘，其实亦若忘之矣。何者？谓其所作，异乎人之所作也。所作不限声律，不沿爱恶，不立固必，不希名誉，如鉴之应形，如钟之应声，其或经道之余，因闲观时，因静照物，因时起志，因物寓言，因志发咏，因言成诗，因咏成声，因诗成音，是故哀而未尝伤，乐而未尝淫。虽曰吟咏情性，曾何累于性情哉？钟鼓，乐也；玉帛，礼也；与其嗜钟鼓玉帛，则斯言也不能无陋矣。必欲废钟鼓玉帛，则其如礼乐何？人谓风雅之道，行于古而不行于今，殆非通论，牵于一身而为言者也。吁！独不念天下为善者少（而害）善者多，造危者众而持危者寡。志士在畎亩，则以畎亩言，故其诗名之曰《伊川击壤集》。时有宋治平丙午中秋日也。

关于这篇序，前辈学者已经做过详细的解释①。我们这里从本文的角度加以分析时，与别家重复的地方则尽可能省略。

我们先从这篇序的最后一句开始。这句话说明了写作的时间是治平三年（1066 年），去邵雍的去世即《击壤集》的完成尚有十余年的时间。在这篇序写作的时候，西夏频频骚扰边境，南峒犯乱，水灾时常发生，英宗刚刚开始独立执政。而邵雍本人所得意的"安乐窝"，司马光等人还未给他购置。序言里说："人谓风雅之道，行于古而不行于今，殆非通论，牵于一身而为言者也。吁！独不念天下为善者少而害善者多，造危者众而持危者寡。"可见邵雍是很关注

---

① 郭绍虞. 中国历代文论选：第二册［M］. 上海：上海古籍出版社，1964：276.

现实的，他这里是从学术的角度激励人们要有高度的责任感。这其中对人的个性和嗜好并无过多的强调。但我们看他去世那一年写的《笔兴吟》（题：熙宁十年）："窗晴气和暖，酒美手柔软。兴逸情撩乱，笔落春花烂。"纯粹是对个体自由感到的适意。相比这篇序中"虽死生荣辱转战于前，曾未入于胸中，则何异四时风花雪月一过乎眼也"的豪气，老年的邵雍确实是对生命的美好更加注意了。

邵雍一生，早年刻苦攻读，《宋史》称"雍少时，自雄其才，慷慨欲树功名。于书无所不读，始为学，即坚苦刻厉，寒不炉，暑不扇，夜不就席者数年。"（《宋史》列传一八六道学一）后遇恩师李之才，授以春秋学、易学，其刻苦至于十几年内无暇观赏自己家果园里春天的繁花。《共城十吟》里的第一首《春郊闲居》："居处虽近郭。不欲登城市。尽日客不来，至夜门犹闭。院静春正浓，愵闲昼复寐。谁知藜藿中，自有诗书味。"《共城十吟》序：

> 予家有园数十亩，皆桃李梨杏之类，在卫之西郊，自始营十余载矣，未尝熟观花之开，属以男子之常事也。去年冬，会病，归自京师，至今年春，始偶花之繁茂，复悼身之穷处，故有春郊诗一什，虽不合于雅焉，抑亦导于情耳。庆历丁亥岁（1047 年）。

他读书不为做官，却对社会民生保持着热切的关注，这跟传统的隐士完全不同，是孔子式的学术救国。如《共城十吟》里的第二首《春郊闲步》："病起复惊春，携筇看野新。水边逢钓者，垅上见耕人，访彼形容苦，酬予家业贫，自惭功济力，未得遂生民。"潘雨廷评此诗曰："读此十吟以味其旨，可喻雍于是时之思想境界。其诗既感春天生生之气，又忧国伤时心情未宁，杜诗所蕴之一生感慨，此一首足以应之。"虽然作品是以白居易式的诗歌形式出现，传达的却杜甫式的忧国热情。①

自三十八岁起离家南下定居于洛阳，直至六十七岁去世，他依然苦读不已，专心著述。《宋史》本传："初至洛，蓬荜环堵，不芘风雨，躬樵炊以事父母。虽平居屡空，而怡然有所甚乐，人莫能窥也。"所以，即便没有司马光、富弼、王拱臣替他购置的"安乐窝"，他也是过着闲居苦读的快乐生活的，日子艰苦，但心境达观。嘉祐五年（1060）年五十作《新正吟》曰：

> 遽瑗知非日，宣尼读易年，
> 人情止于是，天意岂徒然。
> 立事情尤倦，思山兴益坚。
> 谁能同此志，相伴老伊川。

邵子在洛阳受到民众士人的高度尊重：

> 士之道洛者，有不之公府，必之雍。雍德气粹然，望之知其贤，然不事表襮，不设防畛，群居燕笑终日，不为甚异。与人言，乐道其善而隐其恶。有就问学则答之，未尝强以语人。人无贵贱少长，一接以诚，故贤者悦其德，不贤者服其化。一

---

① 潘雨廷. 论邵雍与〈皇极经世〉的思想结构 [J]. 周易研究，1994（4）.

时洛中人才特盛，而忠厚之风闻天下。

> 雍高明英迈，迥出千古，而坦夷浑厚，不见圭角，是以清而不激，和而不流，人与交久，益尊信之。河南程颢初侍其父识雍，论议终日，退而叹曰："尧夫，内圣外王之学也。"（《宋史》本传）

我们这里提出邵雍思想在发展中的一些变化，主要是为了避免用某一特定时期的思想来说明他全部作品的偏狭做法。众所周知，一个诗人从壮年到老年的创作心态是有明显区别的，而在北宋，这种变化尤其具有典型性。我们看到，对社会的关心，对道义的发扬，邵雍是至死未渝的。他在洛阳写就的巨著《皇极经世书》，《四库全书总目提要》评曰："是《经世》一书，虽明天道而实责成于人事，洵粹然儒者之言，固非谶纬数家所可同年而语也。"

《序》是宋初诗学思想发展到北宋中期的产物。在这里面，既有宋初以来风教学说的遗留，又有宋代中期以来思想学术变化的反映。况且，他比王安石大一岁，二人是同时代的人，他对半山的评价应当是权威的。如何理解王安石以及欧阳修的"格韵"，也要从这里开始寻找线索。

《序》的第一段，说的是诗歌创作的意义。他引用子夏的言论，阐明了以"情志"为中心的儒家诗学观。"志"是"怀其时"的，是反映集体与社会的重大主题的，所以具有积极意义；而"情"则是复杂的，有的合于"志"，有的则不合于"志"，而合于"身"。对于整个国家与社会来说，自然是"志"的意义大于"身"的意义，所以作诗不能无·"情"，但要让诗歌合于世用，必须发扬其中合于"志"的部分，而抑制其中合于"身"的部分。正是在这个意义上，邵雍达到了"自乐"与"乐时与万物之自得"的统一。所以我们说，邵雍的感情是一种过滤了的情感，是具有德性的感情。纵观中国历史，在公开发表的作品里，几乎没有人会承认自己以"一身之休戚"为念，而往往在私下里却会鸡鸣狗盗；但在宋代，这种以"一时之否泰"为思想、同时是感情出发点的人则大有人在。这是由宋代开国以来的历史条件决定的。

宋代开国以后面临的是两大问题：一个是国家领土的统一；一个是人格世风的转变。前者比较容易，以军事武力即可完成，而后者则不是那么容易。因为晚唐五代人心沉沦已久，士人格操无复存在，一切以个人名利、生存为人生的意义。宋代初期，就是在朝的大臣也有无羞耻观念者，例如薛居正编《五代史》，对朱温、石敬瑭等人竟然也大加赞扬。社会上奔竞自私之徒，比比皆是。面对这样的情况，士人应该如孔子一样，虽不在其位而行其事，振奋世风，不再是"达则兼济天下，穷则独善其身"，而是无论治乱之时都要负起一个文化人的责任。所以，在宋初的政治方略里，兴文偃武自然也就成为宋初治国者的选择。李焘《续资治通鉴长编》卷一百九十六：

> 至于五代，天下荡然，莫知礼仪为何物矣。是以世祚不永，远者十余年，近者四五年，败亡相属，生民涂炭。及大宋受命，太祖、太宗知天下之惑生于无礼也，于是以神武聪明，躬勤万几，征伐刑赏，断于圣志，然后人主之势重，而群臣慑服矣。于是翦削藩镇，齐以法度，择文吏为之佐，以夺其杀生之柄，

……然后天子诸侯之分明而悖乱之原塞矣。

宋朝刚刚开国，统治者就开始了建设人心的工作。建隆元年（960 年）正月，太祖屡临视学，并下诏增葺祠宇，塑绘先圣先贤像，自写赞文于孔子颜子座端。谓群臣曰："朕欲令武臣读书，知为治之道。"于是臣民上下莫不贵重文学①。宋代又大兴科举，推恩延士，扩大了科举录取的规模。太祖时朝廷取士还比较严格，每次录取少者几人，多者也不过 200 人，平均每次录取不足 50 人。而太宗即位后三个月（太平兴国二年正月），即一次录取进士及诸科 500 人（《续资治通鉴长编》卷十八）。在整个北宋时期，共开科 69 次，取正奏名进士 19281 人，诸科 16331 人，合计 35612 人，如果包括特奏名及史料缺载者，取士总数约为 61000 人，平均每年约为 360 人，实为空前绝后。② 朝廷的科举政策，使得士子们信心大增，热心于仕进之途，发奋于治国之事。同时，由于官僚阶层中多为布衣出身，如赵普、范仲淹、欧阳修等名臣都出身贫寒，这使其有广泛的社会基础，并使官僚阶层中的个人有强烈的使命感和责任感。《宋史·忠义传一》：

士大夫忠义之气，至于五季，变化殆尽。宋之初兴，范质、王溥，犹有余憾，况其他哉！……真、仁之世，田锡、王禹偁、范仲淹、欧阳修、唐介诸贤，以直言谠论倡于朝，于是中外搢绅

---

① 冯琦编，陈邦瞻. 宋史纪事本末：卷七 [M]. 商务印书馆排印本. 北京：商务印书馆，1940.

② 张希清. 国学研究：第二卷 [M]. 北京：北京大学.

知以名节相高，廉耻相尚，尽去五季之陋矣。故靖康之变，志士投袂，起而勤王，临难不屈，所在有之。及宋之亡，忠节相望，班班可书，匡直辅翼之功，盖非一日之积也。（卷四百四十六）

士大夫中普遍树立起自信、自强、自励的精神品格。

这样，在统治者的激励下，天下以读书为高，不但实现了"一己之休戚"，更使整个社会风气向文雅、自励的积极的方向转变。在为人为学各个方面，宋人都追求一种积极而广大的"圣贤气象"。《近思录》卷十四："周茂叔胸中洒落，如光风霁月。"江永《集注》："所谓洒落者，只是形容一个不疑所行清明高远之意。若有一毫私吝心，何处更有此等气象。"（上海古籍影印版，127 页）正因为胸怀天下，弘扬道义，"故其为政精密严恕，务尽道理"，不以一己之偏枉道理事实。精密严恕的背后，是其刚正无私的人格精神和充沛淳和的浩然之气。放之诗学之中，则会显示一种恢弘严正的气质。彭乘《墨客挥犀》言：

李格非善论文章，尝曰："诸葛孔明《出师表》、李令伯《陈情表》、陶渊明《归来引》，皆沛然如肝肺中流出，殊不见有斧凿痕。"是数君子在后汉之末，两晋之间，初未尝以文章名世，而其词意超迈如此。吾是以知文章以气为主，气以诚为主。故老杜谓之诗史者，其大过在诚实耳。诚实著见，学者多不晓。如玉川子《醉归》曰："昨夜村饮归，健倒三四五。摩挲青莓台，莫嗔惊著汝。"舒王用其意，作《扇子》诗曰："玉斧修成

宝月团，月边仍有女乘鸾。青冥风露非人世，鬖乱钗横特地寒。"（亦见《冷斋夜话》卷三）

词意超迈，故能显示文章之气完神足，说明文章与人格精神的相互表里。文气的充实宏大，是因为作者内心的无私勇猛之心，以及由此而显示出的不事虚夸，直面人生的写作态度（也即人生态度），这就是道者人身修养中的"诚"。周敦颐说："圣，诚而已矣。诚，五常之本，百行之源也。"（《通书·诚下》）邵雍在日常生活里也是"无贵贱少长，一接以诚，故贤者悦其德，不贤者服其化。一时洛中人才特盛，而忠厚之风闻天下"（《宋史·道学一》）。在创作实践上，就表现为杜甫、卢仝一样的写实风格，而写实则又显出一种不回避矛盾，刚健有力的特点。所以，黄彻认为杜甫似孟子，"其心广大，异夫求穴之蝼蚁辈"，在《䂬溪诗话》里特别注意杜诗中"凡心声所底，有诚于君亲，厚于兄弟朋友，嗟念于黎元休戚，及近讽谏而辅名教"的内容，"若嘲烟云、媚草木等语，率略而不取；惟是含风雅而中律度，有补于时，有辅于名教者，如璆琳琅玕，森然在目，得诗人之关键，窥作者之阃奥"（陈俊卿序）。"诗人""作者"其实就是圣贤的化身。

成为圣贤的方法，周敦颐认为应该"主静"。《通书》中说："无欲则静虚动直。静虚则明，明则通。动直则公，公则溥。明通公溥，庶矣乎！"（《圣学》）。欲即自私，要去掉自私的意念，必须在"静"的状态里才有可能完成。冯友兰先生对此有一番精彩的解释：

照新儒家的说法，孟子在这里所描述的（"恻隐之心"等）

56

是，任何人在这种场合的自然自发的反应。人在本性上根本是善的。因此，他固有的状态，是心中没有私欲的状态，或如周敦颐说的"静虚"状态。应用到行动上。它会引起立即要救孺子的冲动，这类直觉的行动就是周敦颐所说的"动直"。可是，如果这个人不按照他的"第一冲动"而行动，而是停下来想一想，他可能想到，这个孺子是他的仇人之子，不该救他；或者这个孺子是他的友人之子，应该救他。不论是哪一种情况，他都是受"第二私念"即转念所驱使，因而丧失了固有的静虚状态以及随之而有的动直状态。（《中国哲学简史》第二十三章）

可见这其实是一个相似于道家佛家去虑存真的过程。真与善在理学家那里成为同一个范畴了。

在儒学发展过程中，有一次所谓的"孟子升格运动"，从中唐开始，一直延续到宋代，孟子、子思的心性学说成为理学的立足之本。儒家心性学派在宋代的发达，是因为宋代需要一个能排除异端，翦除纷乱；确立道统，施行王道；激励人心，升华人格；探究心性，恢复文雅的思想武器。宋人从韩愈、李翱那里接过了孟子"如欲平治天下，当今之世，舍我其谁也"的气概，积极恢复儒家思想领域的失地，在内在与外在两方面建立自己独立的文化国土。孟子说："夫仁，天之尊爵也，人之安宅也。莫之御而不仁，是不智也。不仁、不智、无礼、无义，人役也。人役而耻为役，由弓人而耻为弓，矢人而耻为矢也。如耻之，莫如为仁。仁者如射，射者正己而后发。发而不中，不怨胜己者，反求诸己而已矣。"所谓不进则退，士人们以时不我待的心情致力于"宋型文化"的建设。《近思录》卷十四：

"伊川先生撰明道先生行状曰……辨异端似是之非，开百代未明之惑，未有臻于斯理也。谓孟子没而圣学不传，以兴起斯文为己任。"就是这种情形的写照。

孟子说："夫志，气之帅也；气，体之充也。夫志至焉，气次焉。故曰：'持其志，无暴其气。'"浩然之气是由正确的目的来进行领导的。邵雍为了证明"情志"的这种"合目的性"，举了孔子删诗的例子。古来关于《诗经》的成书有诵诗、采诗、删诗等不同说法，删诗说并不是一种严密的观点。熟谙经典的学者们不可能不知道孔子说过"诗三百……"的话，但宋人对此说自始至终信奉不违，正因为这个例子的有效性。实际上，这个例子从宋代初期就一直在沿用着。从徐铉《御制杂说序》《文献太子诗集序》一直到朱熹《语类》《诗集传序》，都视之为当然的判定。为何这样呢？朱熹为此说做了一个总结：

> 诗者，人心之感物而形于言之余也。心之所感有邪正，故言之所形有是非。惟圣人在上，则其所感无不正，而其言皆足以为教。……昔周盛时，上自郊庙朝廷，而下达于乡党闾巷，其言粹然无不出于正者。……降自昭、穆而后，寖以陵夷，至于东迁，而遂废不讲矣。孔子生于其时，既不得位，无以行帝王劝惩黜陟之政，于是特举其籍而讨论之，去其重复，正其纷乱；而其善之不足以为法，恶之不足以为戒者，则亦刊而去之；以从简约，示久远，使夫学者即是而有以考得失，善者师之，

而恶者改焉。①

　　原来《诗》本来是一个"自由世界"的产物，在这个世界里人们不须教化而自然淳正，"上自郊庙朝廷，而下达于乡党闾巷，其言粹然无不出于正者"。到了东周，君王自己变得没有了觉悟，而一个不被重视的"士"却自觉地担负起了历史的重任，用学术的方式"行帝王劝惩黜陟之政"，以教化对抗流俗，为天下传播治道。这其中的含义不言而喻。作为一个文化的继承者和传播者，在世道陵夷之时，必须认识到自己的责任，以自己的方式拯救社会。因此生当积贫积弱的宋朝，邵雍们便用一种有用的理论工具来论证出预设的理论结果。这种"理论的行动"正映衬出宋人对气格的崇尚。

　　正因为如此，邵雍才对此前的诗歌不满，认为："近世诗人，穷戚则职于怨憝，荣达则专于淫泆，身之休戚发于喜怒，时之否泰出于爱恶，殊不以天下大义而为言者。"显然，这里批评的对象不是欧王诸人，而是宋初以来晚唐派一类不具备道德意义的诗风。实际上，宋人对气格的崇尚，正是以反对晚唐风气而展开的。徐铉说：

　　　　鼓天下之动者在乎风，通天下之情者莫存乎言。形于风，可以言者，其惟诗乎。……王言帝典，炳蔚于缣缃；词人才子，充溢于图谍。若乃简练调畅，则高视前古，神气淳薄，则存乎其人，亦何必以苦调为高奇，以背俗为雅正也！（《文献太子诗集序》，《徐公文集》卷十八，四部丛刊本）

_____

　　① 朱熹. 诗集传［M］. 上海：上海古籍出版社影印本，1987.

此处批评的是晚唐体在精神气质上的缺钙症。在宋代初期，张
咏、柳开、田锡、石介等人都对晚唐体的气格低下提出尖锐的批评。
张咏《许昌诗集序》：

> 文章之兴，惟深于诗者，古所难哉！以其不沿行事之迹，
> 酌行事之得失，疏通物理，宣导下情，直而婉，微而显，一联
> 一句，感悟人心，使仁者劝而不仁者惧，彰是救过，抑又何多，
> 可谓擅造化之心目，发典籍之英华者也。有如山僧逸民，终老
> 耽玩，搜难抉奇，时得佳句，斯乃正始之音，翻为处士之一艺
> 尔！（《乖崖集》卷八，四部丛刊本）

"不沿行事之迹，酌行事之得失"，即诗以行道，说明诗歌可以
用自己独特的教化方式——感悟人心，来达成扶正祛邪的目的。而
晚唐派（山僧逸民）则以搜寻佳句为玩，逃避社会责任，愧对正始
之音的诗学传统。我们知道，正始文学传统就是以阮籍、嵇康为代
表的高风劲节、怨不及乱的"雅人深致"（《世说新语·文学》论诗
经语）。张咏以魏晋人物为典范，正是对晚唐体"才卑不能起语，思
拙困于物象，兴咏违于事情，讽颂生于喜怒"（同上）的批评①。

宋初三体，西昆最后出现，虽然它没有了晚唐体的物象窘束和
白体语句浅俗的毛病，但由于他们以李商隐为效法的对象，雕琢过

---

① 注：对正始诗风的尊崇，开启了宋人论诗以六朝为宗的先河。尊崇六朝，就是
一种超越唐人的企图。这其实已经是宋人诗体自觉的发端，具有很强的现实意
义和理论意义。张咏的出现，是宋初诗坛一个值得注意的现象。他学唐而不囿
于唐，虽不属任何流派，却开启了宋人诗歌变革的序幕，在他身上已有了宋调
的基本特点（赵齐平．宋诗臆说［M］．北京：北京大学出版社，1993：2.）。

甚，客观上造成了语气文势的扭结。所谓"气格"，一是要求气势的顺畅，即使成了"以文为诗"也在所不辞；一是要求格调的积极，即使成了"以议论为诗"也可以接受。相比之下，西昆体的富丽雕琢就显得不合时宜，即使可以风行一时，也因为倡导者是宫廷名僚的缘故。所以石介才会批评杨亿"欲以文章为宗于天下，忧天下未尽信己之道，于是盲天下人目，聋天下人耳"，"穷妍极态，缀风月，弄花草，淫巧侈丽，浮华篆组"（《怪说》），这是一种时代的呼声。

邵雍认为，晚唐、西昆的缺陷在于其思想上的缺失。这种缺失表现在没有掌握好道、性、心、身、物之间的关系。"性者，道之形体也；性伤则道亦从之矣。心者，性之郭郭也；心伤则性亦从之矣。身者，心之区宇也；身伤则心亦从之矣。物者，身之舟车也；物伤则身亦从之矣。是知以道观性，以性观心，以心观身，以身观物，治则治矣，然犹未离乎害者也。不若以道观道，以性观性，以心观心，以身观身，以物观物，则虽欲相伤，其可得乎？"什么意思呢？道、性、心、身、物在逻辑层次上是逐降的关系，所以低级层次对高级层次的认识必然是超出其认识能力的，也就必然是不完整、不全面的。同样，情也是低于性的，那么以情来认识性，就会错误地把一己、一时、一地之认识当成普遍的认识，将一己之好恶作为当然的善恶标准。因此，情应该以性为指导而不是相反。近世"溺于情好"之人，就是没有想到"情"是有局限性的。

他又在《观物外篇》里说："以物观物，性也；以我观物，情也。性公而明，情偏而暗。""任我则情，情则蔽，蔽则昏矣；因物则性，性则神，神则明矣。""知之为知之，不知为不知，圣人之性也，苟不知而强知，非情何？失性而情，则众人矣。""以物观物"就是顺应事物的自然本性去认识事物，不带有自我的主观好恶之情，因而是公正，明白的；"以我观物"就是按照自我的主观意愿去认识事物，因为带有个人的感情色彩，所以就偏颇而暗蔽。"以物观物"既是事物的本性，又是人的本性。在认识活动中，能够实事求是，知则知，不知则不知，就会达到圣人的本性而超出众人之上。

"以物观物"乃有"观物之乐"，"以家观家，以国观国，以天下观天下"则有"名教之乐"。"名教之乐"实来自范仲淹"先天下之忧而忧，后天下之乐而乐"的思想。范仲淹一改前人对迁谪感到悲凄的态度，认为在朝在野皆可以忧国忧民，以广大的道德信念超越了一己之私情，显示出 种积极而刚强的气格。它解决了传统文化中士人"仕"与"隐"的对立问题，通过德性的升华使士人的生命意义在人生的任何时候都能得到安顿。这是"宋型文化"中极为光辉灿烂的精神遗产。到了庆历之后相对安定的时期，人们对此的讨论更有一些学术的性质。在家言家，在国言国，邵雍的认识更在刚健的气质中增加了理性的成分。观物之乐来自于对自然与世界的道的体认（自然是"人化自然"），邵雍的认识更相似于欧阳修《醉翁亭记》的"山林之乐"与"人之乐"的交响①。

这种积极而客观的认识，是宋代中期学术发展的结果。宋代初期虽然一直谈论道的问题，但多数纠缠在善恶、正误等具体问题上，往往囿于一派之学说，难有大的突破。柳开、石介等人不可不谓为有力，但其影响却止于一时，就是因为理论的缺乏深入。邵雍则由道入儒，又由儒入道，去除门户之见，为时代解决了道的体与用的

---

① 宋人讲乐的很多，参见程杰．北宋诗文革新研究：第十三章［M］．呼和浩特：内蒙古教育出版社，2000.

根本问题，在哲学上打通了物理之学与心性之学的界限，从而使宋代学术得以在学理上能够顺利向前发展，并且以此促成了新的人格建构。某种意义上说，他是对原始儒家的思维方式的回归。

第四节 格韵说与宋代诗学理想的转变

我们再回到本章开头的那两首诗。邵雍在此以"精神"比"李杜"，以格韵比"欧王"，实是对两种诗学精神，也就是主于生命意识与主于人文精神的两种范型的概括。在宋代，正是欧阳修、苏轼、王安石等人促成了这两种范型的转化。

我们有必要谈一下这种转化的大致时间。上节开头所引之诗写于邵雍晚年闲居洛阳时。第一首《年老逢春》写他把酒赏花的闲适生活，是其晚居洛阳"安乐窝"的写照，写于熙宁六年（1073 年），时年 63 岁①；第二首则可以方便地推知其写作时间：《首尾吟》共130 余首（四部丛刊本《伊川击壤集》说有 135 首，但据笔者统计，实仅 131 首，其余是别人赓和之作），每隔若干首他便会有一首诗来说明写作的时间，如第 31 首："尧夫非是爱吟诗，诗是尧夫半老时。肥游虽无润屋物，劳谦却有克家儿。筋骸幸且粗康健，谈笑不妨闲滑稽。六十二年无事客，尧夫非是爱吟诗。"又第 49 首："尧夫非是爱吟诗，诗是尧夫觉老时。……六十三年无事客，尧夫非是爱吟诗。"第 70 首："……六十四年无事客，尧夫非是爱吟诗。"六十五

---

① 郭彧．邵雍年表//邵雍全集 [M]．上海：上海古籍出版社，2015．

岁（第89首）、六十六岁（第117首）、六十七岁（第127首）时皆有明确说明。可见老年的邵雍是每长一岁即生感慨，然后在随后的一年里将自己的感想以这种独特的形式记载下来。"既贪李杜精神好，又爱欧王格韵奇"这句话在第122首中，排在"六十六年无事客，尧夫非是爱吟诗"（第117首）之后，所以应该是他六十六岁，即熙宁九年（1076年）时的作品。也就是说，"格韵"一词至迟在1073年就已出现。邵雍的《首尾吟》在宋代是广为人知的，到南宋的朱熹仍然熟知《首尾吟》的写作："邵尧夫六十岁，作首尾吟百三十余篇，至六七年间终。"（《朱子语类》卷一百"邵子之书"）

邵雍在写下这些诗句的时候，欧阳修刚刚去世（1072年），王安石已到晚年，正在实行新法（1069－1075），中年的苏轼则作为新法的反对者，自求外调，在各地做地方官；青年黄庭坚的名字则更是迟一些才被苏轼得知（1077年）。（参考孔凡礼《苏轼年谱》）也就是说，这是欧王的影响仍在，而苏黄的影响正在形成的时期。这一时期，宋诗学的面貌正在确立之中，唐人的影响仍然很大。从这个时间上溯到开国之初，时间已经跨越了一百多年的时间。在这百余年中，诗歌创作发生了一些值得注意的变化。从这些变化中，我们可以知道欧王之"格韵"是如何形成和怎样表现的。有关的问题，我们在上一节中已经谈到，这里仅仅是做一下总结，以使我们的论述更清晰一些。

第一，从讲究体式到以气格为主。

宋人认为，"诗以意为主"（《中山诗话》）。但是，从我们在第一章的论述可以看到，主意并不是宋代诗人的专利，它只是宋人继承的唐人遗产。但是，只有到了宋代，在社会责任感的支配下产生的主气格与唐人的主意相结合，才使宋诗焕发出了不同于前代的独特气质，由此宋代的宋诗学才在宋代唐诗学的基础上得以成立。所谓的"气格"，就是一种正大、刚强的人格力量，它远绍孟子，近承韩愈，是宋代士大夫的立身之本，当然也是为文之本。应该说，对宋代的这一精神要求怎样强调也不过分。它贯穿在宋人的为人、为诗、为官等等人生的各个方面。苏轼谓："人之所恃者气，正气所恃，非威武所能屈。故因太白之不礼高力士，而知其必见胁于永王，且信其为王佐之才。"朝廷兴文教的政策造就了士人的自信心和责任感；对孟子的推崇则激起他们扬道的崇高感。内在和外在的原因都使宋代士人将气格当作人生的中心问题。诗风代变，政治沉浮，都不能失去这一精神的存在依据。所以，宋初多耿介刚直之士，除上面所说的石介等道学之士外，杨亿等文学家亦是如此。

　　我们知道，讲究气格是从对晚唐五代衰敝之气的批评开始的。如何纠正这种不良风气呢？柳开、范仲淹、石介等人与统治者兴文教的号召相呼应，提出以学道、求新激励人心，将承担道义与发扬个性统一在一起，将社会责任感转化为自身的心理要求。因此他们提倡学习韩愈、卢仝等人的刚猛遒劲的气概，发展出一种豪迈矫健的诗风，彻底击溃了晚唐的卑俗浮靡之气；石介更是在散文创作上倡导了新奇怪诞的"太学体"。欧阳修作为文坛盟主，极力提倡为文的"气格"，他在《释秘演诗集序》里，赞扬石曼卿"廓然有大志"，"时人不能用其才，曼卿亦不屈以求合，无所放其意，则往往从布衣野老酣嬉，淋漓颠倒而不厌。"而石曼卿的朋友释秘演也是"能遗外世俗，以气节自高"。欧阳修指出二人诗歌特点是："曼卿诗辞清绝，尤称秘演之作，以为雅健，有诗人之意。秘演状貌雄杰，其胸中浩然，既习佛，无所用，独其诗可行于世……""清"即不同流俗，新鲜工致；"雅健"即古雅质朴、刚健醇厚的气质。韩愈、卢仝以古体见长，宋初人们欣赏的、需要的也就是那种冲破晚唐近体的细碎无力的高古气格。既然注重气格，故在诗学体格上一直追求脱俗的情怀。此处的不俗不是六朝人讲的出世，而恰恰相反，是入世。济世以移风易俗，方显其不同凡俗的精神。

第二，诗歌派别由对立走向了统一。

宋初诗坛，派别林立，诗人皆以唐人为学习对象，但因好尚不同，故有不同的诗派产生。白体是以中唐元白诗风为学习对象的一派，造句用语浅露直白，主要代表是徐铉、李昉、王禹偁等人。晚唐体以贾岛为宗，号为"贾岛格"，专心于诗歌的技巧艺术，主要代表是潘阆、魏野、寇准、林逋、九僧等。西昆体学习的对象是李商隐，作诗富丽精工，主要代表是杨亿、刘筠、钱惟演等。

可以说，宋初诗人的创作还是秉承五代余绪的，尚未形成自己的特点，所以其宗法中晚唐诗风是很自然的。三个诗派的优点和不足，也可以从中晚唐诗歌创作中找到直接的源头。白体流于平易，但除了王禹偁等人外，少有其祖师的写实精神；晚唐体精于炼字炼意，但"物象窘束"，无盛大之气，不免拘谨之态①；西昆体反对白体之俗（村学），也反对晚唐（鄙陋），在语言刻琢上讲究富丽精工，在气度上要求富贵高雅，却因脱离生活而沦为文字游戏。西昆

---

① 注：《彦周诗话》："高秀实又云：'元氏艳诗，丽而有骨，韩偓《香奁集》丽而无骨。'时李端叔意喜韩偓诗，诵其序云：'咀五色之灵芝，香生九窍；咽三危之瑞露，美动七情。'秀实云：'动不得也，动不得也。'"

体是丢掉了李商隐的优点，却把他的缺点发扬了①。

但是，到欧阳修以后，这种诗派之间斗争如此激烈的情况便很少见。更多的是各个时代之间整体风气的变换。从欧梅的"新变体"到"荆公体""东坡体"等等，皆擅一时之誉，得一时风气（当然时间上有交叉），但都有一种共同的性质在里面。这种变化意味着什么呢？意味着人们已经开始认同同一种创作理念。这种认同，正说明了宋人审美理念的成熟。他们各有自己的表现形式，但都是在此基础之上发展的。这个变化有其内在的依据，就是各种派别中共有的中唐以来的主意观念。如白体讲究炼意炼格，晚唐体讲究精炼字意，西昆体讲究炼句用事，都是"主意"的不同形态。而自从欧阳修提出"意新语工"的号召以后，立意作为写作的中心这一点更明确地被接受了，以至于后来论者多次强调宋诗是"以意为主"。既然求新，那么此立意更重在对意的比较、斟酌、修改等思考方面的东西，从而给诗歌带来一种尖新的气质。

这种现象的出现，可以通过宋人所效法对象的变化来进行说明。在宋初，诗人们各主一家，学白居易、李白、韩愈、卢仝、孟郊、贾岛、李商隐等等，而自王安石以后，则学习杜甫、陶渊明成为占统治地位的认识。《蔡宽夫诗话》说："国初沿袭五代之余，士大夫皆宗白乐天诗，故王黄州主盟一时。祥符、天禧之间，杨文公、刘中山、钱思公专喜李义山，故昆体之作，翕然一变。而文公尤酷嗜唐彦谦诗，至亲书以随。景祐、庆历后，天下知尚古文，于是李太

---

① 注：关于西昆体的优劣，今人已有为之辩护，认为尚有格力在内。笔者认为，此处之格力应重在其锻炼之功，而不应把他们创作中特定的立意积极的东西普遍化。

白、韦苏州诸人,始杂见于世。杜子美最为晚出,三十年来学诗者,非子美不道,虽武夫、女子皆知尊异之,李太白而下殆莫与抗。"详细地说出了这种宗法对象的变化。宋初,除了王禹偁以外,人们很少认识到杜甫的诗学价值。杨亿认为杜甫诗太寒窘,是"村夫子"(《六一诗话》《中山诗话》皆有);欧阳修较为客观一些,但也认为他不如李白的才力天纵。

第一个真正认识到杜甫对宋诗的重要性的人,是王安石。他编《四家诗》,将杜甫放在第一位,而把李白放在最末一位。他的这种做法在当时很受非议,最后不得不出来做了一番澄清。在《杜甫画像》诗中,他说出了自己推重杜甫的原因。一是:"吟哦当此时,不废朝廷忧。"(《杜甫画像》,《临川先生文集》卷九,四部丛刊本)这一点以风教论诗,上纲上线,当然不会遭到攻击,后来几乎所有人都称道杜甫诗歌的这一特点。第二点是诗艺上的,主要争议在这里。他说:

> 白之歌诗,豪放飘逸,人固莫及;然其格止于此而已,不知变也。至于甫,则悲欢穷泰发敛抑扬,疾徐纵横,无施不可,故其诗有平淡简易者,有绮丽精确者,有严重威武若三军主帅者,有奋迅驰骤若泛驾之马者,有淡泊闲静若山谷隐士者,有风流蕴藉若贵介公子者。盖其诗绪密而思深,观者苟不能臻其阃奥,未易识其妙处,夫岂浅近者所能窥哉?此甫所以光掩前人,而后来无继也。元稹以谓兼人所独专,斯言信矣。(《苕溪渔隐丛话》前集卷六引《遁斋闲览》)

　　这与欧阳修说"杜甫于白，得其一节"是完全相反的（《笔说·李白杜甫诗优劣说》，《欧阳文忠公集》卷一百二十九，四部丛刊本）。王安石认为杜甫是集众家所长而变化多端者，他甚至认为李商隐亦出自杜甫："王荆公晚年亦喜义山诗，以为唐人知学老杜而得其藩篱，惟义山一人而已。"（《蔡宽夫诗话》）后来普闻《诗论》认为杜诗为荆公、东坡、山谷诗歌之渊薮等意见，都源自这里。杜甫成为王安石以后的诗歌，也就是真正的宋诗的不可置疑的典范。

　　推崇杜诗，是诗学发展的必然结果。欧阳修以前，人们为了达到廓清卑俗风气的功利目的，着意学习、提倡能够改变旧风气，建立新风气的文学手段，因此喜欢自由的古体，刚健的气质，对豪气的推崇甚至不惜以粗疏为代价。到了王安石的时代，社会条件虽然比范、欧时代好不到哪里去，但宋人的精神品格已经建立起来，需要解决的是实际问题。所以他早年的作品像欧阳修一样重在意气，下语直率，而到了晚年就可以退回自己的精神领地吟咏情怀，锻炼字句，"始尽深婉不迫之趣"（《石林诗话》）。他的诗体也相应地出现了从前期的古体向后期的近体的转变。所以，他对近体精工的杜甫、李商隐都寄予了越来越大的兴趣。这给他以后的宋诗带来了根本的转变。至于学习陶渊明，那更要晚至苏轼才形成规模，我们放到下一章论述。

　　第三，对风韵的重视。

　　就像上面说过的，宋人说的脱俗是对世俗的超越而非逃避。对风韵的理解也可作如是观。当然，这中间有个发展的过程。一开始人们对风韵的理解同六朝唐代是一样的，就是一种脱略尘俗的旷达。宋庠《诸公留题王氏中隐堂诗序》："夫射者工乎中微，拙于使人无己誉；君子易于遁俗，难乎必时无我用。故尚书度支员外郎王君所以深厌物累而见縻人爵，高风胜韵，殁而可怀者已。"宋庠在仕隐关系上仍然继承前人那种相互对立的观点，认为个性自由与有用于世是矛盾的。但是到了庆历以后，随着一种新的人格信念的建立，隐亦有用的观念成为士人心态的支撑点，对风韵的认识也趋向一种高风劲节，其理论基石亦由庄禅思想变为孟子的浩然之气。这与上面气格的变化是由同一种背景。

在现实层面，"中隐"可以说是中唐以来风韵内涵的生活表述。其内涵的变化可以说明上述问题。在宋庠的序里，王家建了一座"中隐堂"，主人"每车骑休沐，牛酒过家，则必释朝綟而袭野巾，却赤舄以御山履，眄柯荫樾，举觞啸咏，踌躇四顾，为之满志"（同上）。其实以中隐为堂宇之名，宋代多有，梅尧臣《张侍郎中隐堂》（《宛陵先生集》卷二）、文同《太子中舍王君墓志铭》（《丹渊集》卷三九）、苏轼《中隐堂诗》（《苏轼诗集》卷一）皆及之。甚至还有人以之为号（朱熹《邵武县丞谢君墓碣铭》，《朱文公文集》卷九十一）。中隐之名，来自白居易《中隐》诗：

大隐住朝市，小隐入丘樊。丘樊太冷落，朝市太嚣喧。不如作中隐，隐在留司官。似出复似处，非忙亦非闲。不劳心与力，又免饥与寒。终岁无公事，随月有俸钱。君若好登临，城南有秋山。君若爱游荡，城东有春园。君若欲一醉，时出赴宾筵。洛中多君子，可以恣欢言。君若欲高卧，但自深掩关。亦无车马客，造次到门前。人生处一世，其道难两全。贱即苦冻馁，贵则多忧患。唯此中隐士，致身吉且安。穷通与丰约，正

在四者间。(《白氏长庆集》卷五十二)

此处全从个人安危、舒适着眼，是毫无进取之心的黄昏心态。如果单从行为的表面状态看，邵雍与其并无不同；但从内在的精神品格看，则无异霄壤。一个是鱼与熊掌要兼得；一个是安处乐道，系念苍生。王氏的内心世界与白居易其实是一样的，只是缺乏说出来的勇气。多数士人，更多突出中隐的精神刚健，如：

> 畴昔人归老，于兹望白云。门高知后庆，宾至诵先芬。草树中园秀，衣冠旧里闻。宁同江令宅，寂寞向淮濆。(梅尧臣《张侍郎中隐堂》)

> 吾家中隐君，才比万斛泉。短小精悍姿，一剑当雄边。去年郴州贼，俯视衡岳巅。君从襄阳来，孤忠作戈鋋。谭笑百雉安，净洗湖岭烟。谓当酬王勋，金印如斗悬。言归遽如许，此意谁为宣？小隐即居山，大隐即居廛。夫君处其中，政尔当留连。早晚有诏书，唤君远朝天。欲为中隐游，更着三十年。(张孝祥《中隐》)

同样，到了苏轼那里，则将个体生命融入整体世界之中，使其具有了积极而广大的意义。中隐的意念被升华为立于天地之间不能磨灭的个体意志："未成小隐聊中隐，可得长闲胜暂闲。我本无家更安往，故乡无此好湖山。"(《六月二十七日望湖楼醉书五绝》)不但超越了小我的哀乐忧戚，更将眼界放至宏观的大千世界，竟然能在被贬的旅途中体验出造化之美，这是何等的胸襟！其风韵包含着刚强的生命意志。而到张孝祥那里，中隐者又成了待时而动的志士："吾家中隐君，才比万斛泉。短小精悍姿，一剑当雄边。……早晚有诏书，唤君远朝天。"（《中隐》，见上）彻底将白居易笔下那种苟全性命的形象改变了。所以，宋代之风韵与其他时代不同的地方，就在于它内里所包含的主体之精神力量。

我们提出上述三个变化，是为了说明这样一个事实，就是在宋诗的发展进程中，诗体流变是外现的，气格、风韵的变化则是内在的原动力，这种变化贯穿于整个诗学发展的过程。也就是说，在宋代诗学发展中，存在着一个由主气向主韵发展的过程。而这个过程之得以产生，欧阳修、王安石起着非常重要的作用。

第五节　格韵诗学特征的初步表现

由主气向主韵的转化，是从欧阳修开始的。欧阳修与梅尧臣提倡的"平淡"，其实就是邵雍说的"格韵"的前身。

程千帆先生说："欧阳修倡导诗文革新的起点在洛阳，而且恰恰就是在西昆派钱惟演的手下成长起来的。这在文学史上，是一个很值得思考的情况。"[1] 在《六一诗话》里，我们看不到像石介一样对杨亿的疾言厉色，而是以调侃的语气谈西昆体的"捃扯"。这除了个人性格因素外，也是议论对象的变化。诗话本来就是以资闲谈的东西，不像传道那样的重要；同时欧阳修自己也从时文的学习锻炼中

---

① 程千帆. 两宋文学史［M］. 上海：上海古籍出版社，1991：39.

得到了功名和学养,对华丽的文风不是太过反感,只是认为西昆体比不上李白的诗歌那样雄劲有生气。

> 唐之晚年,诗人无复"李杜"豪放之格,然亦务以精意相高。如周朴者,构思尤艰,每有所得,必极其雕琢,故时人称朴诗"月锻季炼,未及成篇,已播人口"。其名重当时如此。而今不复传矣。余少时犹见其集,其句有云:"风暖鸟声碎,日高花影重。"又云:"晓来山鸟闹,雨过杏花稀。"诚佳句也。

可见他并不废炼意炼句的功夫。欧阳修本人对骈俪文体的技巧亦极为娴熟,因为这是仕进之途的必修功课;这为他诗文创作打下了丰厚的基础。那么,他对诗歌形式美与形象美的欣赏就没有石介那么武断。所以他也批评石介"好异以取高"的缺点(《与石推官第一书》)。他学习韩愈也在于韩之"文从字顺"而非其"怪怪奇奇"之处(《与张秀才第二书》)。对于美的欣赏就是对形象、形式之韵味的肯定。平淡是对华丽的否定,但保留了其中具有的艺术特质。

欧阳修与梅尧臣等人讲究平淡,是当时社会条件决定的。在他们进入统治阶层时,宋朝正经历着深重的危机。而这时的社会上浮竞奔走之风也很严重,人心不古,又出现了像宋初一样的情况。他们对西昆体的否定,实际上就是像宋初一样对世道人心的反拨。不但浮华之辈要去除,穷苦寒俭、急躁冒进之心也要防止。所以,他提出"以通经学古为高,以救时行道为贤,以犯颜纳说为忠"的人生原则,激励人们的积极性、责任感和为人的气节。所谓的平淡,其实也是人生态度的平淡——对事物实事求是，自然质朴。文莹《玉壶诗话》载："真宗深究诗雅，时方竞务西昆体，磔辀雕篆，亲以御笔选其平淡者，止得八联。"好笑的是里面杨亿、钱惟演、刘筠都各有一联。（其余是晁迥、朱巽、李维、孙仅、王贻永所作。）后来仁宗又几次下诏戒除浮靡之文，也是要求平正充实的文风。可见，对文学的改革，正是欧阳修们文化建设工作的延伸。

在钱惟演的幕府任职时，欧阳修就已与尹洙、梅尧臣等青年才俊"以文章道义相切劘"，讲尚气节，探讨传统。平淡的提出，是对宋初诗风的一个扬弃的过程。它吸收了宋初诗风中的艺术气质，又以韩孟文章之气格增强诗歌的精神力度，因此与前代那种不关世事的平淡有根本不同。毋宁说，这是一种"豪放的平淡"。所以他们对"李杜"诗风学习的着眼点即在其气格的完备充实与语句的熟练运用。（《六一诗话》；《苕溪渔隐丛话》前集卷五）在梅尧臣那里，虽然时人把他与苏舜钦相提并论他觉得不以为然，但二者创作思想却是基于同一底里，都是以韩愈、李白等人为学习对象，只是个人追求的诗歌体貌不同而已。二人一爱含蓄，一爱张扬，都为宋诗学的开辟做出了贡献。不过，正如《后村诗话》所认为的那样，梅尧臣（还应该加上欧阳修）才是宋诗的开山之祖，因为梅尧臣提出的平淡正是一种新型的诗学追求，有别于唐人的风华情韵。梅尧臣说："作诗无古今，惟造平淡难。"（《读邵不疑学士诗卷》）欧阳修也称赞梅尧臣："梅翁事清切，石齿漱寒濑。作诗三十年，视我犹后辈。文辞愈精新，心意虽老大。有如妖韶女，老自有余态。近诗尤古硬，咀嚼苦难嘬。又如食橄榄，真味久愈在。"（《六一诗话》）以"古硬"对照"平淡"，即可看出欧梅二氏的诗学追求不是平直浅露，也不是着眼于风花雪月，而是一种古雅的、浑朴的、内里充实而外示平淡的追求，是"有如妖韶女，老自有余态"。邵雍从中看到的"格韵"其实就是这样一种绚烂之极而造平淡的"老韵"。后来吴可说："凡文章先华丽而后平淡，如四时之序：方春则尽丽；夏则茂买，秋冬收敛，若外枯中膏者是也，已在其中矣。"（《藏海诗话》）点出了这种审美感受的特点。

表现在创作中，那就是对学养的注意，对技巧、字眼的锻炼，对人格的提升。欧阳修认为文章如金玉，道是金玉之质，文是金玉的光辉，作为对道的表现的结果，必然要求其中贯彻一种精神的力量（《答祖择之书》《答吴充秀才书》）。我们来看欧阳修在创作中是如何贯彻这种诗学追求的。《石林诗话》载，欧阳修曾经于醉酒之后，对儿子欧阳棐说："吾诗《庐山高》，今人莫能为，惟李太白能之；《明妃曲》后篇，太白不能为，惟杜子美能之；至于前篇，则子美亦不能为，惟吾能之也。"（《苕溪渔隐丛话》前集卷二十九）以"李杜"为学习对象，而学习的目的则是树立自己的面目，可见宋人那种追求自出机杼的意识是很强烈的。我们现在把他自己欣赏的这篇《明妃曲和王介甫作》前篇载录于下：

胡人以鞍马为家，射猎为俗，泉甘草美无常处，鸟惊兽骇争驰逐。谁将汉女嫁胡儿，风沙无情貌如玉。身行不遇中国人，马上自作思归曲。推手为琵却手琶，胡人共听亦咨嗟。玉颜流落死天涯，琵琶却传来汉家。汉宫争按新声谱，遗恨已深声更苦。纤纤女手生洞房，学得琵琶不下堂，不识黄云出塞路，岂知此声能断肠。

此诗为嘉祐四年（1059 年）作，时欧阳修为龙图阁大学士，权知开封府，是他心理夷泰、处事安顺的时期。（董治安《欧阳修》，《中国历代文学家评传》）与唐人相比，这首诗的特异之处在哪里呢？我们看它的开头，是李白式的不拘一格，句式参差，表达出张－弛－张的动感，似乎要看到一首豪迈奔放的《蜀道难》；然继而就排比音律，锻炼字句，出现了像韩愈一样奇矫的句子。一句之中，整篇之中充满着变换多端的句式排列。而在命意方面，他在王安石所提出的"红颜薄命"主题之外，再加以生发，以物叙事，通过"风沙无情貌如玉"的对比，通过琵琶流落的过程，深化了对美好事物消失的失落感。更重要的是，他借古讽今，不着痕迹地批评了时事政治，"不识黄云出塞路，岂知此声能断肠"，燕云十六州尚未恢复，而朝中耽于享乐，已不记得国家大事了。整首诗交织着一种浓厚的历史感和现实关怀。本诗在立意精新之外，又以事物为叙述线索，不是生硬地说理，更多了一种唐人的风韵，令人的感情在对人（横向线索）和对事（纵向线索）之间盘旋萦回，在受到震动的同时也产生深深的思考。在《六一诗话》中，欧阳修引用过梅尧臣的一次谈话：

> 诗家虽率意，而造语亦难。若意新语工，得前人所未道者，斯为善也。必能状难写之景，如在目前，含不尽之意，见于言外，然后为至矣。

方东树说："荆公健拔奇气胜六一，而深韵不及。"（《昭昧詹言》卷十二）如果仅拿他们这两首同题之作来比较的话，是正确的。

王安石不及欧阳修之"深韵"，在于二人性格的不同，也在一时心情的不同。1059 年的欧阳修，已经 53 岁，心境平和，不复当年的豪情；而这一年 39 岁的王安石，中进士刚刚三年，正在做地方官，施展自己的抱负。"汉恩自浅胡自深，人生乐在相知心"（《明妃曲》之二）在逆境中也要实现自己的价值，完善自己的人格。但是，这绝不能概括王安石晚年诗歌的"清婉"之境地。

　　欧阳修大部分的诗歌创作，并不能达到上述艺术高度，更多的是以气驭文，有时不大讲究下字、句法，此点已见上述。而王安石"半山体"的出现，则在命意、锻炼的功夫上青出于蓝，已开江西诗派的先声（程千帆《两宋文学史》，89 页）。看他著名的《泊船瓜州》："京口瓜洲一水间，钟山只隔数重山。春风自绿江南岸，明月何时照我还。"此诗下字用语间不容发，含蕴丰富，意格兼胜。"一水间"是客观上的距离，但流露出意念里的近；"只隔数重山"重复了依依不舍的心情，因为尚未走远，依稀可见故乡的钟山。第三句或作"又"，但在意思上明显不如"自"字：岁月无情，自枯自荣，但人却难以自主，年年回到故乡的土地上。[①]"绿"字为诗中之眼，它的使用，既是对以绿草写别离的典故的化用，如《楚辞·招隐》"王孙游兮不归，春草生兮萋萋"；王维《送别》"春草年年绿，王孙归不归"等等，又是在视觉上廓开天地，点染世界的妙笔。而明月更是抒写离愁的习用物象。王安石在诗中用典而令人不觉，读者即使不知道这些典故也不妨碍对诗歌的欣赏。其笔力巨大而不生

---

① 吴小如、赵齐平说。未知孰是，但笔者认为各有千秋，"又"字在音律上更显得适当一些。

硬，锻炼得精细之极①。对诗意的处理，宋人多写尽无遗，但正是因为这样才显出炼字、炼意的能力。宋人追求的韵胜，从而就更是一种笔力上的争胜，而非仅仅是诗中意境带给人的回味与遐想。

作为宋代理学家里对诗学最有贡献的人，邵雍有一首诗准确地说出了王安石诗歌的独特质素。《论诗吟》："何故谓之诗，诗者言其志。既用言成章，遂道心中事。不止炼其辞，抑亦炼其意。炼辞得奇句，炼意得余味。"很明显，这里包含了欧阳修、司马光等人对诗歌存在价值的判定；包含了王安石讲究锻炼的创作理念。后者的出现，是宋代诗歌理想发生变化的信号，也是宋诗学开始独立的一个标志。它直接开启了苏轼黄庭坚为代表的宋诗以语、韵（气韵）论诗的标准，并随之形成了不同于前代的诗学要求和诗歌风貌。在欧阳修时代，他们并不重锻炼，如果有的话，锻炼的也只是用韵、下字等技术性的东西；而在王安石这里，炼意则意味着气格、意念的艺术化，不是以不讲锻炼为气格的豪放，而是把这种豪放内敛于锻炼之中，从而真正地把气格与词句结合起来，使梅尧臣他们提倡的平淡理想得以实现，不再是"淡而无味"（钱钟书《宋诗选注》），而是充满奇气的余味。这就是让邵雍感到陶醉的美酒的轻醇的感觉。欧阳修的余味少了一些奇特，梅尧臣的平淡则少了一些绮丽。从王安石开始，宋诗的发展才真正有了自己的诗学目标和理想，不是功利性的气格，也不是直板的格法，而是落实在艺术创作中的人格精神——格韵。

---

① 详见赵齐平《宋诗臆说》"春风自绿江南岸"一篇。

第三章

苏轼与格韵说的初步建构

第一节　苏轼笔下的"格韵"

"格韵"的提出，是宋代人文精神和诗学追求成熟的理论产物。它的出现意味着宋人的诗学理念已经超越了即物赋形、因事兴感的阶段而走向了探究内心、全面展示人格精神的阶段。因为这个原因，作为主体内在精神依据的气格与作为主体精神审美化的韵致才同时成为诗学思想的中心。这在第二个倡言格韵的人苏轼身上也得到了更全面的证明。对于精神内涵的注意，使得这两个处在同一范域的诗学范畴达成了不可分离的联结，并最终形成了新的诗学范畴。

苏轼在其著述中比邵雍更多地使用了"格韵"这一词。就笔者所及，主要有以下几处：

> 鲁直诗文，如蝤蛑、江瑶柱，格韵高绝，盘飧尽废，然不可多食，多食则发风动气。（《书黄鲁直诗后二首》，《苏轼文

集》卷六十七)

近世有妇人曹希蕴者，颇能诗，虽格韵不高，然时有巧语。尝作《墨竹》诗云："记得小轩岑寂夜，月移疏影上东墙。"（《书曹希蕴诗》，《文集》卷六十八）

自颜、柳氏没，笔法衰绝，加以唐末丧乱，人物凋落磨灭，五代文采风流，扫地尽矣。独杨公凝式笔迹雄杰，有二王、颜柳之余，此真可谓书之豪杰，不为时世所汨没者。国初，李建中号为能书，然格韵卑浊，犹有唐末以来衰陋之气，其余未见有卓然追配前人者。独蔡君谟书，天资既高，积学深至，心手相应，变态无穷，遂为本朝第一。（《评杨氏所藏欧蔡书》，《文集》卷六十九）

黄陂新令李吁到未几，其声蔼然，与之语，格韵殊高。比来所见，从小有才，多俗吏。俦辈如此人殆难得。（《与蔡景繁十四首》之十一，《文集》卷五十五）

从其使用情况来看，格韵一词涉及到了诗文、书法、修养等不同方面。联系到邵雍用以论酒，这再次证明了格韵是一个超乎具体事物形态的理论范畴，其内容更具抽象性，不但针对语言艺术、视觉艺术，也针对人的精神修养。无论哪个领域，其格韵的含义都是一样的，就是审美对象的内在情操和外在审美感召。

对于第一、第二条材料，苏轼从相反的两种情况评论黄、曹二人的诗作：黄庭坚的诗歌格韵"高绝"，但是比较难为人理解；而道姑曹希蕴的作品格韵"不高"，却诗句灵巧，是以各有所长。关于评价黄庭坚的这一则，历代论者多有征引。《苕溪渔隐丛话》载此事时还多加了黄庭坚对苏轼的评价：

> 苕溪渔隐曰："元祐文章，世称苏、黄。然二公当时争名，互相讥诮，东坡尝云：'黄鲁直诗文，如蝤蛑江珧柱，格韵高绝，盘飧尽废，然不可多食，多食则发风动气。'山谷亦云：'盖有文章妙一世，而诗句不逮古人者。'此指东坡而言也。二公文章，自今视之，世自有公论，岂至各如前言，盖一时争名之词耳。俗人便以为诚然，遂为讥议，所谓'蚍蜉撼大树，可笑不自量'者邪。"（《苕溪渔隐丛话前集》卷四十九　山谷下）

元祐年间，苏轼在京，黄庭坚与张耒、晁补之、秦观四人，俱游于苏轼门下，被人称为"苏门四学士"。黄庭坚与苏轼常在一起谈诗说书，此条概记此时之事。《独醒杂志》记载东坡与黄庭坚谈论书法，东坡评山谷书法似"树梢挂死蛇"，黄庭坚回击说东坡字如"石压虾蟆"，也都是此时二人幽默风趣的生活记录。苏轼为什么在赞扬黄庭坚"格韵高绝"后又说"不可多食"呢？应该就是因为黄庭坚所说的古人之风在苏轼看来比较空疏。元丰元年（1078 年）的时候，黄庭坚初次给苏轼写封信，表示仰慕之意，并呈诗二首。苏轼当即复信，赞美他的诗，"托物引类，真得古诗人之风"。诗有古调，诗人对高古的定义却有所不同。在苏轼这里仍然是白乐天称颂的隐士之风，而在黄庭坚那里就是杜甫的忠君之心。

黄庭坚所追求的，恰恰是苏轼不在意的。也许这是一种偏见，但是既然是玩笑之语，我们也不会真的认为苏轼在精神品格上不认同黄庭坚。确实，苏轼也追慕陶渊明，但是跟黄庭坚的追慕杜甫不一样，苏轼恰恰是看不上杜甫的。《苕溪渔隐丛话》同卷又引东坡云："读鲁直诗，如见鲁仲连、李太白，不敢复论鄙事，虽若不适用，然不为无补于世。"鲁仲连的品格毋庸置疑，但是在洒脱的东坡看来是有些沉重了。黄庭坚的性格忠厚纯粹，忠义耿直在他来看是很自然的事，以此写诗也如杜甫一样，但是在东坡看来有点不近人情。他确实跟苏轼志趣有所差别。

而格韵不高的曹希蕴也是当时很著名的女诗人，道姑，《宋史·艺文志》第一百六十一记其有《曹希蕴歌诗后集》二卷，今不传。她经常写诗卖，或者写诗让贫困的人卖去讨生活，以此周济世人，所以其名无人不知，称曹仙姑。《全宋诗》录有《赠乾明寺绣尼集句》《新月》二诗和苏轼记载的这两句残句，都平易清秀。如《赠乾明寺绣尼集句》："睡起杨花满绣床，为他人作嫁衣裳。因过竹院逢僧话，始觉空门气味长。"厉鹗《宋诗纪事》比《全宋诗》多录了《题谢先生白云庵》《题梅坛》两首，也都是叙事平实，议论浅切的作品。《桐江诗话》云："曹希蕴货诗都下，人有以敲、梢、交为韵，索赋《新月》诗者。曹诗云：'禁鼓初闻第一敲，乍看新月出林梢。谁家宝鉴新磨出，匣小参差盖不交。'"看得出，曹道姑的诗巧则巧矣，但是缺乏层次感，缺乏新意，并不是宋人推崇的诗格。

在书法方面，苏轼称赞杨凝式的作品为"书之豪杰"，鄙薄李建中作品的"衰陋"，说明书法需要二王一样的俊逸恣肆，而不能像李建中一样如此方不会导致格韵"卑浊"。我们看今存杨凝式《韭花帖》，潇洒劲健，一气灌注，而李建中的《同年帖》则严谨密实，虽瘦而险，气脉断续，有媚俗的嫌疑。品格高下，一目了然。就苏轼本人来说，其书法来源于二王、颜真卿，自谓"东坡平时作字，骨撑肉，肉没骨"（《题自作字》，同上），萧散雅润，追求的就是东晋风流。《跋秦少游书》："少游近日草书，便有东晋风味，作诗增奇丽。乃知此人不可使闲，遂兼百技矣。技进而道不进，则不可，少游乃技道两进也。"他认为颜真卿法书出自二王，得到了王羲之的气韵。他称赞颜真卿《东方朔画赞》"清雄""清远"，也是符合六朝人物的风度。同样，"豪杰""清雄"的评价也符合黄庭坚书法的审美特点："鲁直以平等观作欹侧字，以真实相出游戏法，以磊落人书细碎事，可谓三反。"（《跋鲁直为王晋卿小书尔雅》）这就是人格精神落实到书法艺术之中的"格韵"。《题笔阵图》：

> 笔墨之迹，托于有形，有形则有弊。苟不至于无，而自乐于一时，聊寓其心，忘忧晚岁，则犹贤于博弈也。虽然，不假外物而有守于内者，圣贤之高致也。惟颜子得之。

至于为人之格韵，他称赞刚来的黄陂县令李旰"其声蔼然，与之语，格韵殊高"，跟常见的俗吏不一样，这显示了李旰无奔竞之徒的嘴脸，是有学养，有风度的官员，这其实就是宋人追求的道人性格。

有时苏轼也会单独以格、韵来评说诗歌，不过这时的格与唐代以来的"格"不大一致，如上面说荔枝的"高格"，以及说"不识陶靖节，定非风尘格"（《富阳道中》）等等，都是在表象外加以有余的韵味；而他在以韵评说诗歌、绘画等各种艺术形式的时候，不仅是表达艺术作品对人的感召力，而更多的是指一种精神领域的韵致，都与"格韵"不太远。如在《题颜公书画赞》中，称赞颜真卿得到了王羲之书法的气韵："颜鲁公平生写碑，惟东方朔画赞为清雄，字间栉比，而不失清远。其后见逸少本，乃知鲁公字字临此书，虽小大相悬，而气韵良是。非自得于书，未易为言此也。"《论沈辽米芾书》："近日米芾行书，王巩小草，亦颇有高韵，虽不逮古人，然亦必有传于世也。"此处之"韵"亦含有气格之义，近似黄庭坚的用法（见下章）。他的自然与超脱的态度使其对一切艺术的要求都含有超拔世俗的自由精神。

我们下面来具体讨论。

第二节　人格诗学——格与韵的聚合与融会

我们在第一章里说过，格、韵的使用，是从评论人物开始的。风格形容人的情操，风韵形容人的气度。"高韵"是说人的神情韵度之超俗。而苏轼评论李吁"格韵殊高"，则非高韵一词可以涵括。孙绰看到卫承"神情不关山水"，就怀疑他写作的能力；而苏轼是在与李吁谈话以后，从他对事情的认识中知道了其"格韵殊高"的。在孙绰评价卫承的那段话里，还有庾亮对卫承的评价："卫风韵虽不及卿诸人，倾倒处亦不近。"相比之下，孙绰注重的是风韵，而苏轼注重的是"倾倒处"，也就是内在情操的不同流俗。因此，从人物品鉴的角度来说，格韵是针对人物情操的纯粹内在的风韵，是对人内心人格力量的审美观照，风韵更侧重外在的风姿。

那么，苏轼笔下的"格韵"是否就是六朝人所赞赏的风格与风韵的结合呢？因为《世说新语》里也说过李膺是"风格秀整"的，这也是对人物情操的欣赏。实际并非如此。六朝人所说的"风格"与"风韵",首先着眼于人物的外在风貌,体现道德精神的就属风格,而体现容貌韵度的就属风韵。而苏轼这里对格韵的描述无疑纯粹是从内在精神入手,像庄子所赞扬的"畸人"一样。苏轼甚至对诗歌要求"癯而实腴",就是外示枯瘦而内蕴绮丽,而这绮丽就是人格精神。以道德精神为底蕴的个体生命精神,就是平淡外表下的生命的绚烂。至于李吁,他是程门弟子,程颐"谓其才器可以大受"(《宋史·道学二》,《列传》第一百八十七),可以发扬自己的道学。并在其亡后,祭之以文曰:"自予兄弟倡明道学,能使学者视仿而信从者,吁与刘绚有焉。"肩道并扬道,既是宋人以之自许、自励的道德责任(如前所述之柳开),也是宋人评价人物时最高级别的褒扬。苏轼说"比来所见,从小有才,多俗吏",有才而俗,不言而喻是人格力量的缺乏。

　　从这个认识入手,我们能顺利地解析出不同语境中的"格韵"所具有的相应质素。一方面,"格韵"中包含着宋代发展起来的主体精神——气格;另一方面,又包含着对这种内在精神的审美鉴赏——韵致。这两者由于存在着同样的精神内涵,因此就出现了宋人所独有的同时体现气格与气格之美的这一诗学范畴。他在《杂评》里评论李建中书法"虽可爱,终可鄙,虽可鄙,终不可弃",说明李建中的书法作品徒有外在的形貌而无内在的精神力量,跟欧阳修评论五代宋初人诗歌有好句而无气格相同。在书法作品中,如果作者没有天赋、才学、气概,即使写得巧妙,也不能免除像晚唐五代一样的衰陋之气。苏轼评论书法之处甚多,都贯彻着这种思想。《论书》云:"书必有神、气、骨、血、肉,五者缺一,不为成书也。"

"神、气"属精神品格的方面,"骨、血、肉"属手段技法的方面。李建中的书法只是在骨(不是风骨之骨,而是骨架之骨)、血、肉等方面能够逞胜而已。这种评述方式使我们想起了王维《诗格》论作诗要具备字、形、气、势、神的说法。苏轼在他那篇著名的《与二郎侄》里说:

> 凡文字,少小时须令气象峥嵘,采色绚烂,渐老渐熟,乃造平淡;其实不是平淡,绚烂之极也。汝只见爷伯而今平淡,一向只学此样,何不取旧日应举时文字看,高下抑扬,如龙蛇捉不住,当且学此。

这说明,书法是书者性格、学识、阅历、审美追求等多方面修养的综合表现。年轻人阅历浅,体魄强,充满朝气,写出来的字应该是气象峥嵘,采色绚烂。老年人阅历较深,性格稳重,写出来的字必然显得老成熟练,气韵平和。这是格法内敛为气韵的精彩表述。

苏轼评褚遂良书法云:"古人论书者,兼论其平生,苟非其人,虽工不贵也。"这话说得虽然有点极端(甚至有人以此认为苏轼不懂鉴赏),但确实是他对人品气格重视的结果。苏轼认为,从书法作品中可以窥见书家品德的高下。他在《跋钱君倚书遗教经》中说:"人貌有好丑,而君子小人之态不可掩也。言有辩讷,而君子小人之气不可欺也。书有工拙,而君子小人之心不可乱也。"是故"钱公虽不学书,然观其书,知其为挺然忠信礼义人也。轼在杭州,与其子世雄为僚,因得其所书佛《遗教经》刻石,峭峙有不回之势。"(《文集》卷六十九)这让人联想到王安石的字。《跋王荆公书》:

"荆公书得无法之法，然不可学，学之则无法。故仆书尽意作之似蔡君谟，稍得意似杨风子，更放似言法华。"笔者于2002年末有幸在上海博物馆看到王安石的真迹，其字密实无隙，层叠满纸，笔画如用今人硬笔写成，不见所谓蚕头燕尾之类，确实"不可学"。但苏轼言其为"无法之法"，当是说他写字的内在精神，不可学的实际就是其人格风度。实施在笔法上就是王安石对写字的态度以及用笔的态度。这相当于作诗所要具备的气和意，属于"格"的内容。

格是多种诗学范畴在新的历史条件下的转变。刘勰说：

> 结言端直，则文骨成焉；意气骏爽，则文风清焉。若丰藻克赡，风骨不飞，则振采失鲜，负声无力。是以缀虑裁篇，务盈守气，刚健既实，辉光乃新。……若风骨乏采，则鸷集翰林；采乏风骨，则雉窜文囿；唯藻耀而高翔，固文笔之鸣凤也。（《文心雕龙·风骨》）

风是文意，骨是文辞（范文澜注），主要说了个"文质彬彬"的意思。对于文意，没有任何的规定性。这也看出唐人对"诗格"的认识之来源。但刘勰也指出"捶字坚而难移，结响凝而不滞，此风骨之力也"，与苏轼说的笔力相同，但仍然比评价颜真卿所说的"格力"少了些人格的力量。苏轼所言之格或格力、气格，都与精神力量有关。"诗格"是一种态度，而不仅仅是一种形式。

其《题鲁公帖》又云：

> 观其书，有以得其为人，则君子小人必见于书。是殆不然。

以貌取人，且犹不可，而况书乎？吾观颜公书，未尝不想见其风采，非徒得其为人而已，凛乎若见其诮卢杞而叱希烈，何也？其理与韩非窃斧之说无异。然人之字画工拙之外，盖皆有趣，亦有以见其为人邪正之粗云。（《文集》卷六十九）

书法拙而有气格，不害其为君子；书法巧而格卑，无妨其为小人。所谓的"趣"，正是人格美的外现，是人格影响下人的审美取向。我们注意到，苏轼在这里并不讲书法之形体，若只看形体，那么以书取人就会成为《韩非子》里怀疑邻人窃斧一样荒诞；他只是讲书法的神气，是笔一画之中，通过用笔方式体现出的人的品格。所以，"柳少师书，本出于颜，而能自出新意，一字百金，非虚语也。其言心正则笔正者，非独讽谏，理固然也。世之小人，书字虽工，而其神情终有睢盱侧媚之态，不知人情随想而见，如韩子所谓窃斧者乎，抑真尔也？然至使人见其书而犹憎之，则其人可知矣。"（《书唐氏六家书后》题记）

苏轼真是冰雪聪明之人，他知道艺术有自己的产生规律、逻辑，任何人悟到了这种艺术逻辑，就可以成为艺术大家；但如果以道德品格加以区分，则其艺术的综合价值则可云泥立辨。他评蔡襄书云：

物一理也，通其意，则无适而不可。分科而医，医之衰也。占色而画，画之陋也。和、缓之医，不知老少，曹、吴之画，不择人物。谓彼长于是则可也，曰能是不能是则不可。世之画篆不兼隶，行不及草，殆未能通其意者也。如君谟真、行、草、隶，无不如意，其遗力余意，变为飞白，可爱而不可学，非通

其意，能如是乎？（《跋君谟飞白》，《文集》卷六十九）

"理""意"就是指这种艺术本身的规律。但"物理"与格韵无关，苏轼虽承欧阳修的意见称蔡襄书法第一，但从不称其书法格韵如何，其中想必是有深意的①。

"格韵"中同样无法缺少的是对韵的要求。这里的韵在不同的场合有不同的含义。在论人时，是欧阳修说的有道之士的风采，是"道之辉光"的外现；而在艺术鉴赏中，它则是前人说的韵味。评张旭书云：

> 张长史草书，颓然天放，略有点画处，而意态自足，号称神逸。今世称善草书者，或不能真行，此大妄也。真生行，行生草，真如立，行如行，草如走，未有未能行立而能走者也。（《书唐氏六家书后》，《文集》卷六九）

并且只有技艺精熟之后才能有余韵，给人审美的感召。但这只是骨、血、肉的方面，要达到晋宋人的高度，必须从人身修养上下功夫。《跋秦少游书》云："少游近日草书，便有东晋风味，作诗增奇丽。乃知此人不可使闲，遂兼百技矣。技进而道不进，则不可，少游乃技道两进也。""东晋风味"即是他在《书黄子思诗集后》说

---

① 注：苏轼在题跋中多次提到蔡襄"为本朝第一"，至少有六次。但很有意味的是，苏轼并没有用清雅脱俗、疏淡有味这一类的词汇来评价蔡襄，相反，苏轼曾在散文《以乐害民》、诗作《荔枝叹》中讽刺蔡襄制作小龙团茶向朝廷进贡之事，认为蔡襄向皇帝献媚，有宫妾爱君之意，可见苏轼对蔡襄的人品并不很推崇。

的"萧散简远"之韵味。

受庄禅思想的影响，苏轼认为，真正能让书法达到神完气足的境界的人，是对书法无功利态度的人。《论草书》："书初无意于佳，乃佳尔。草书虽是积学乃成，然要是出于欲速。古人云'匆匆不及，草书'，此语非是。若'匆匆不及'，乃是平时亦有意于学。"既要勤习不断，又要不在意佳劣，才能达致随意挥洒的地步。不练习，则无成为书艺的基础；太在意，则会在艺术的低级阶段就仅仅着眼于外表皮毛的东西，限制自己"道进"的道路。

这种超越性的思想是形成艺术作品韵致的主要原因。《跋王巩所收藏真书》：

> 余尝爱梁武帝评书，善取物象，而此公尤能自誉，观者不以为过，信乎其书之工也。然其为人傥荡，本不求工，所以能工此，如没人之操舟，无意于济否，是以覆却万变，而举止自若，其近于有道者耶？

这其实是苏轼为文而须全真的观念的体现。苏轼在评价智永书法时说："永禅师书，骨气深稳，体并众妙，精能之至，反造疏淡。如观陶彭泽诗，初若散缓不收，反覆不已，乃识其奇趣。"（《书唐氏六家书后》）首先具有内在的精神支撑，然后"遍考前作"，独出机杼，就可在艺术上达到回味不尽的艺术效果。这些大量的论述传递着与苏轼论山谷"格韵高绝"相同的信息，即作者应在具体的实践中以我为主，精熟于心；但又要出乎其外，以技进道，如此才得到艺术的真谛。艺术实践竟然不以艺术为目的，正是宋诗学的独特之处。进乎道，方能不俗，不俗——人格的完善才是艺术目的。在这里，格与韵在道德精神上达成了内在的统一。

这种统一之所以能够成立，是因为在苏轼那里，善与真是统一的。朱刚认为，在苏轼的哲学理论中，道与善统一在完整的自然（"全体"）之下，人必须"无心""无私"以使万物各得其所，才是真正的善。《易传》卷七曰，"夫无心而一，一而信，则物莫不得尽其天理，以生以死。故生者不德，死者不怨，无怨无德，则圣人者岂不备位于其中哉！吾一有心于其间，则物有侥幸夭枉不尽其理者矣。""一"即庄子齐物全真之意，保持事物的本真就是"信"，也就是"诚"，如此方能得致物理。如果"一有心于其间"（就是上文说的"有意"），就会破坏事物本身之理，就是不仁，不善。因此苏轼的道德精神本身就具有超越性质，他主张使事物循自然的规则发展，但没有了老庄绝圣去智的消极态度。苏辙在《藏书室记》中就主张："譬如农夫垦田以植草木，小大长短、甘辛咸苦皆其性也，吾无加损焉，能养而不伤耳。"为了保持这种"全"的观念，苏轼还说过比较极端的话，如《论养士》：

> 国之有奸，犹鸟兽之有鸷猛，昆虫之有毒螫也。区处条理，使各安其处，则有之矣，锄而尽去之，则无是道也。

因为要顾全自然，连奸人也不必除了。在他看来，除掉奸人不是"善"，让奸人有奸人的去处，好人做好人的事业，各得其所，才是"善"，才是与自然相合。他认为，礼教所要做的，就是这样的安排。（朱刚《唐宋四大家的道论与文学》，第 127 页）《书张长史草书》：“张长史草书，必俟醉，或以为奇，醒即天真不全。此乃长史未妙，犹有醉醒之辩，若逸少何尝寄于酒乎？仆亦未免此事。”最后一句就是指他在《题醉草》里说的“吾醉后能作大草，醒后自为不及。”所以，“但得低头拜东野，不辞中路候渊明”，（《次韵答孙侔》）苏轼在诗学上将陶渊明作为学习的目标，也就可以理解了。

第三节　格韵的审美特征——清新

"诗画本一律，天工与清新。"（《书鄢陵王主簿所画折枝二首》）苏轼因此极重诗歌的“清”与“新”。在其文集中，称赞别人诗歌多以此为论。按：这两个词的使用频率大过使用“格韵”的频率。这是因为清新是形容词，而格韵是名词，使用范围不同之故。实际上，苏轼对诗歌创作本身重实践而不重理论，即使“清”“新”二字，放在整部文集中也不算多见，他重视的是人生与思想。清表现出人的拔俗的精神品格，而新则表现为诗歌的艺术效果。前者在写作时表现为诗歌的立意，而后者则表现为诗歌的笔力、句法，体现出前者的不俗之处。这是在艺术实践上格与韵的统一。

苏轼评文与可画竹云：“与可画竹时，见竹不见人。岂独不见人，嗒然遗其身。其身与竹化，无穷出清新。庄周世无有，谁知此凝神。”（《书晁补之所藏与可画竹三首》，《苏轼诗集》卷二十九，中华书局，1982年版）这可与上面引述《神释》一篇相印证。竹的形象里因为有了人之清，所以才会有其画面上的形体之新，给人不同流俗的感受。所以苏轼又在《戏用晁补之韵》里说：“昔我尝陪醉翁醉，今君但吟诗老诗。清诗咀嚼那得饱，瘦竹潇洒令人饥。试问凤凰饥食竹，何如驽马肥苜蓿。知君忍饥空诵诗，口颊澜翻如布谷。"（同上）话说得滑稽，但正话反说，谁也不会去做驽马的。实际上，清字的本来内涵倒是与富贵、地位联系在一起的，是所谓的"贵族气"的反映。（见第一章）后世的士大夫将这种外在的富贵内化为内心的富足，"清"也成为"精神贵族"所津津乐道的精神品格的表征。

本节开头所摘的苏轼评论诗歌时两处使用格韵的例子，互相比较一下，就可看出格韵一词在苏轼那里多指"清"的方面：超俗、大气。他评曹希蕴诗"虽格韵不高，而时有巧语"，可见是将品格与造语分开的。他评说黄庭坚诗"如蝤蛑、江瑶柱，格韵高绝，盘飧尽废，然不可多食，多食则发风动气"，是因为黄诗太过超俗，使人不能亲近。关于这段话，苏轼在一封书信里做了详细的解释：

> 轼顿首再拜鲁直教授长官足下。轼始见足下诗文于孙莘老之坐上，耸然异之，以为非今世之人也。……然观其文以求其为人，必轻外物而自重者，今之君子莫能用也。其后过李公择于济南，则见足下之诗文愈多，而得其为人益详，意其超逸绝尘，独立万物之表，驭风骑气，以与造物者游，非独今世之君子所不能用，虽如轼之放浪自弃，与世阔疏者，亦莫得而友也。（《答黄鲁直书》，《文集》卷五十二）

苏轼这里没有客套话，不仅指出黄庭坚独立不羁，超然高标的特点，同时也指出其自守其道，不能为人所屈的个性。这使人想起有点类似苏轼对王安石的评价："瑰玮之文，足以藻饰万物；卓绝之行，足以风动四方。"（《王安石赠太傅敕》）最后一句"与世阔疏者，亦莫得而友也"，既指苏轼自己配不上做黄庭坚的朋友，也是指黄庭坚不容易成为一个普通人的朋友。苏轼有时将黄庭坚比作李白、鲁仲连，有时将其比作大将、大国，都是因为黄诗的这种"高绝"之特点。

当然，诗歌作品能达到格韵高绝的地步，不仅是其人品格的拔俗，还需要作者的才力高卓。苏轼比黄庭坚的诗歌为"蝤蛑、江瑶柱"，意思是说他的诗歌像这两种东西一样精妙绝伦，为人间难得之物。他在岭南吃荔枝时赞扬荔枝"不须更待妃子笑，风骨自是倾城姝。……似闻江鳐斫玉柱，更洗河豚烹腹腴。"（《四月十一日初食荔支》）自注云："予尝谓荔支厚味高格两绝，果中无比，惟江鳐柱、河豚鱼近之耳。"方东树评黄庭坚诗曰："黄山谷以惊创为奇，意，格，境，句，选字，隶事，音节，着意与人远，故不惟凡近浅俗，气骨轻浮，不涉毫端句下，凡前人胜境，世所程式效慕者，尤不许一毫近似之。"（《昭昧詹言》）可见其意思。厚味就是高韵，"厚味高格两绝"就是所谓的"格韵双绝"，这必然是造语命意高出常人的结果。

陈师道引苏轼的话说孟浩然"韵高而才短"也是从这个角度来说的。《后山诗话》云："子瞻谓孟浩然之诗，韵高而才短，如造内法酒手而无材料尔。"苏轼说孟浩然诗"韵高"，并将孟浩然比喻为大内造酒的高手，这是很高的评价。但是，可惜的是"才短"。对于这个"才"的解释，历来争论不已，如陈师道就认为"才"通"材"，也就是材料、才学，后来严羽《沧浪诗话》、施闰章《蠖斋诗话》、潘德舆《养一斋诗话》、闻一多《唐诗杂论》、王达津《唐诗丛考》都这么解释；但是更多人还是认为苏轼的意思就是孟浩然缺少才思，如明代谢榛《四溟诗话》、王世贞《艺苑卮言》、施补华《岘庸说诗》、叶燮《原诗》、陈贻焮《唐诗论丛》都是如此解释。特别是叶燮，他直接否定了孟浩然的才气："后人胸无才思，易于冲口而出者，孟开其端也。"（《原诗·外篇下》九）确实，闻一多先生从孟诗用典、体裁等方面对孟浩然诗歌进行考察，认为他从质和量上都感觉跟王维、李白、杜甫等人有一定差距（《唐诗杂论·孟浩然》）。

张戒《岁寒堂诗话》卷上云："子瞻云浩然诗如内库法酒，却是上尊之规模，但欠酒才尔。此论尽之。"孟浩然是不是真的"才短"姑且不论，苏轼、张戒的这种文学批评的方式说明了宋人的标准基本一致：对于诗歌，不仅仅要求格韵之高，也要求才力和技法上等，他们对于精神气度的要求和格力技法的要求都是一样的。即便如孟浩然、曹希蕴这么有名的人，宋代论者也不放低标准。这一点，与宋代开放的学风有很大关系，不因人废诗，也不因人废道。陈师道、黄庭坚生当新党执政之世，多受排挤，但是王安石晚年的"半山体"跟早年间的激扬慷慨不一样，有了些晚唐意味，黄、陈等人就加以批评。我们看他们是怎么评价王安石的：

> 鲁直谓荆公之诗，暮年方妙，然格高而体下。如云："似闻青秧底，复作龟兆坼。"乃前人所未道。又云："扶舆度阳焰，窈窕一川花。"虽前人亦未易道也。然学二谢，失于巧尔。（《后山诗话》，四库全书本）

　　跟苏轼评价曹希蕴一样，诗句的巧妙不等于诗歌的清新。诗歌、绘画都遵守"天工"和"清新"的要求。天工来自技法，而清新来自立意。对于立意的重视，是宋诗不同于唐诗的重要区别。立意，在宋人那里跟唐人不同，唐人立意侧重于内容、感情，属于表达的对象；而宋人在内容和形式、技法方面都是预先设定，如同缪钺先生所言，"纯出于有意，欲以人巧夺天工"（《论宋诗》），在作诗的各个方面都求新求变，是为宋代诗歌"清新"的新的内涵。具体来说，在用典方面，精心选择而使用自然，贵精切、自然、变化，所谓"用事工者如己出"（《王直方诗话》）。在对仗方面，讲究工切、匀称、自然、意远，在语句自然之外别生出一种尖新奇特的美感。如苏轼"身行万里半天下，僧卧一庵初白头"，上句和下句的转换出人意外，令人印象深刻。在句法方面，不同于唐人的浑然天成，宋人求生新，求深远，求曲折。缪先生举黄庭坚"桃李春风一杯酒，江湖夜雨十年灯"为例说："最妙之法，即在用平常词字，施以新配合，则有奇境远意，似未经人道，而又不觉怪诞。"在押韵方面，宋人喜押强韵，喜步韵，因难见巧，欲致劲健。在声律方面，则更喜拗律，造成一种兀傲新奇的剩下。所以，缪钺先生认为：

　　　　宋诗运思造境，炼句琢字，皆剥去数层，透过数层。贵"奇"，故凡落想落笔，为人人意中所能有能到者，忌不用，必出人意表，崛峭破空，不从人间来。又贵"清"，譬如治馔，凡肥醲厨馔，忌不用。

　　　　宋诗既以清奇生新深隽瘦劲为尚，故最重功力，"月锻季炼，未尝轻发"（任渊《山谷诗注序》），盖此种种之美，皆由

洗炼得来也。(《论宋诗》)

唐诗浑然，故写法往往相近，在相同的题材和相同的体制下，作品往往会出现重复的现象；而宋人写诗求新求奇，即便相同的题材也不会有相同的面貌，这是宋诗重要的美学价值所在。宋人赓和之风不衰，不是为了应酬，反而正是为了显示才情。如黄庭坚在舒州写的《题山谷石牛洞》："司命无心播物，祖师有记传衣。白云横而不度，高鸟倦而犹飞。"作为长辈的王安石自觉和的不够精彩，十几年引为憾事，最后终于和出"水无心而宛转，山有色而环围。穷幽深而不尽，坐石上以忘归"才觉释然。

清新之美，在奇，在清，更多是从立意和诗艺着眼，诗歌的内容反而是越普通越好。所以，陈师道对于写诗有比较偏激的说法："宁拙毋巧，宁朴毋华，宁粗毋弱，宁僻毋俗，诗文皆然。"这就是为了达到宋诗追求的清新的效果。黄庭坚的看法就比较中肯一些，他说：

　　　　宁律不谐，而不使句弱；宁字不工，不使语俗——此庾开府之所长也，然有意于为诗也。至于渊明，则所谓不烦绳削而自合。虽然，巧于斧斤者多疑其拙，窘于检括者辄病其放。孔子曰：宁武子其智可及也，其愚不可及也。渊明之拙与放，岂可为不知者道哉！道人曰：如我按指，海印发光，汝暂举心，尘劳先起。说者曰：若以法眼观，无俗不真；若以世眼观，无真不俗。渊明之诗，要当与一丘一壑者共之耳。(《题意可诗后》)

97

看得出，陈师道的看法在黄庭坚看来还是"有意为诗"，作诗的最高境界，他的看法跟苏轼一样，是陶渊明那种不露痕迹的写法。至于苏轼，他对于诗歌审美仍然有唐人的习惯在，如同方东树所说："白傅意格，东坡祖法。"（《昭昧詹言》）不管苏轼承认不承认，他的诗歌给人的感觉就是有白居易一般的风趣、流畅。苏诗除了在声律、对仗上与黄庭坚、陈师道不同外，其实别的方面，特别是立意方面，基本是一样的。

第四节　苏轼格韵说的思想来源

苏轼对于诗歌格韵的要求是与其人生思想分不开的。苏轼的性格与思想与邵雍有许多相似的地方。虽然邵雍给人一种逃世的印象，但他青年时确实是无书不读，有志于政治的。他后来对太平盛世的歌颂，也是在鼓吹一种士人的努力方向。与所有有理想抱负的政治家、学者一样，在邵雍、苏轼、欧阳修、王安石等人的身上，德性精神一直占据主导的地位。这种精神也就是上一章所引《近思录》中说的"圣贤气象"。表现在人格心理上，就是一种"圣贤人格"。因为是一种人格的显现而不是一种口头的号召，他们行事为人之时的道德号召才不是一种功利的、临时的行为，而是发自内心的、恒定的精神要求。"文如其人"在他们身上得到了真正的贯彻。

这种圣贤人格表现在对朝廷的忠义和对人事的气节、对"道"的执着。范仲淹如此，欧阳修、王安石、邵雍、苏轼等等莫不如此。宋孝宗为苏轼文集作的《御制文集序》说：

成一代之文章，必能立天下之大节。立天下之大节，非其气足以高天下者，未之能焉。孔子曰：临大节而不可夺，君子人欤？孟子曰：我善养吾浩然之气，以直养而无害，则塞乎天地之间。养存之于身谓之气，见之于事谓之节。节也，气也，合而言之道也。以是成文刚而无气馁，故能参天地之化，关盛衰之运，不然，则雕虫篆刻、童子之事耳，乌足与论一代之文章哉？故赠太师谥文忠苏轼，忠言谠论，立朝大节，一时廷臣，无出其右。负其豪气，志在行其所学，放浪岭海，文不少衰。力斡造化，元气淋漓，穷理尽性，贯通天人。（《经进东坡文集事略》序）

立身问题，是士大夫存在价值的主要依据。这关系到所依奉的"道"是什么样的道的问题，用今人的话来说，就是一个人走什么道路的问题。由于前面所说的原因，宋人选择了忠义与气节作为自己的立身之本。在古代社会环境中，这二者是统一的，都是为天下立言的表现。苏轼在《与李公择》（之十一）里说：

吾侪虽老且穷，而道理贯心肝，忠义填骨髓，直须谈笑于死生之际，若见仆困穷便相怜，则与不学道者大不相远矣。兄造道深，中必不尔，出于相爱好之笃而已。然朋友之义，专务规谏，辄以狂言广兄之意尔。兄于邑虽怀坎壈于时，遇事有可尊主泽民者，便忘躯为之，祸福得丧，付与造物。（《文集》卷五十一）

他赞扬李公择为国计民生忘我献身的精神，其实也是他自己的写照。苏轼对欧阳修的敬重与学习的态度，对王安石的惺惺相惜，也出于对他们人格的赞叹。同宋初以来对晚唐五代的批评一样，他对宋初文风的不良倾向也做了批评："五季文章堕劫灰，升平格力未全回。故知前辈宗徐庚，数首风流似玉台。"（《金门寺中见李西台与二钱（惟演、易）唱和四绝句，戏用其韵跋之》之三，《诗集》卷二十八）格力须有气节作内在的精神支撑，而若要以气节立身，根本途径则是个人浩然之气的培养。因为"节也，气也，合而言之道也"，以道指导自己的行为，是为无我无私，由无我无私则可见浩然之气。这些在第二章已经说过，此处不再重复。

这只是一个方面。在学术思想方面，苏轼与邵雍也有极相似的地方。苏轼是宋代蜀学的代表，而蜀学自从严君平与扬雄开创以来，就是兼有实用与全真的关注自然和人性本质本性研究的学派。蜀学者大多具有实用文化倾向，并不拘束于某一学派的学理，而是注重从实际和实用的角度去治学。蜀学者大多是易玄家，情感上倾向于道家文化，但是，他们也并不排斥儒学等其他文化，具有融会百家和自我发展创新的明显学统表现。苏辙的《孟子解》全面地代表蜀学的这种特点：

　　学者皆圣人。学圣人不如学道。圣人之所是而吾是之，其所非而吾非之，是以貌从圣人也。以貌从圣人，名近而实非，有不察焉，故不如学道之必信。孟子曰：君子深造以道，欲其自得之也。自得之则居之安，居之安则资之深，资之深则取之左右逢其原；是以君子欲自得之也。（《栾城后集》卷六，四部

丛刊本）

我们看到，这简直就是邵雍生活思想的注脚。苏轼和邵雍一样，都有着相同的道教思想的背景，并且都深于性命之学。秦观评价苏轼说："苏氏之道最深于性命自得之际，其次则器足以任重，识足以致远，至于议论文章，乃其与世周旋，至粗者也。"（《淮海集》卷三○《答傅彬老简》，四部丛刊本）苏轼在他的哲学著作《苏氏易传》里说："君子"日修善而消不善，"小人"日修不善而消善，其间有不可得而消的，那就是先天的不平等的性，也就是"天命"，"性至于是则谓之命。命，令也，君之令曰命，天之令曰命，性之至者亦曰命。"（卷一《乾·象辞》，丛书集成初编本）还有一些具体的理论命题，如"天一生水"等，苏轼也与邵雍一样加以研究。

苏轼对济世与养生的双重追求，使得他的思想倾向于三教的合一，而在不同的场合使用不同的理论工具。我们看《苏轼文集》中的内容就会发现，其进策奏章里的思想是儒家的，而在书信和杂著里的却是多有老释的思想。济世以实现个人价值，养生以体现生命的本真。苏轼说："孔老异门，儒释分宫。又于其间，禅律交攻。我见大海，有北南东。江河虽殊，其至则同。"（《祭龙井辩才文》，《文集》卷六十三）主张儒释道的异中之同。同在哪里呢？《跋刘咸临墓志》说：

　　鲁直事佛谨甚，作《刘咸临墓志》。咸临不喜佛，而其父道原尤甚。道原之真茹荼、啮雪竹、折玉裂也，终身守之而不易，可不谓戒且定乎！予观范景仁、欧阳永叔、司马君实皆不喜佛，

　　然其聪明之所照了，德力之所成就，皆佛法也。梁武帝筑浮山
　　堰灌寿春以取中原，一夕杀数万人，乃以面牲供宗庙，得为知
　　佛乎！（《文集》卷六十六）

　　他认为，兼善之德与慈悲之心本为一体，儒家的修身正是佛家
的戒定功夫。苏辙在《苏氏易传》附题中叙述他在筠州著作时与禅
僧道全论道的经过：

　　　　予告之曰："子所谈者，予于儒书已得之矣。"全曰："此
　　佛法也，儒者何自得之？"……予曰："孔子之孙子思，子思之
　　书曰中庸，中庸之言曰：'喜怒哀乐之未发谓之中，发而中节谓
　　之和'，……盖中者佛性之异名，而和者六度万行之总目也。致
　　中极和而天地万物生于其间，此非佛法，何以为之？"全惊喜
　　曰："吾初不知也，今而后始知儒、佛一法也。"予笑曰："不
　　然，天下固无二道。"……是时予方解老子，每出一章，辄以示
　　全，全辄叹曰："皆佛说也！"

　　苏辙指出道学所谓"中"即是佛学的"佛性"，恰好揭穿了洛
学"极高明而道中庸"和"未发之中"的底蕴，从而在心性上把儒
佛统一起来。苏辙以儒者身份注解老子，而自命为"佛说"，可见他
们对三家学术的态度。① 在修养功夫上儒家与佛家也是相通的：

---

① 侯外庐. 中国思想通史 [M]. 北京：人民出版社，1957.

任性逍遥，随缘放旷，但尽凡心，别无胜解。以我观之，凡心尽处，胜解卓然。但此胜解不属有无，不通言语，故祖师教人到此便住。如眼翳尽，眼自有明，医师只有除翳药，何曾有求明药？明若可求，即还是翳。固不可于翳中求明，即不可言翳外无明。而世之昧者，便将颓然无知认作佛地，若如此是佛，猫儿狗儿得饱熟睡，腹摇鼻息，与土木同，当恁么时，可谓无一毫思念，岂谓猫狗已入佛地？故凡学者，观妄除爱，自粗及细，念念不忘，会作一日，得无所住。（《论修养帖寄子由》）

相信渐修而不信顿悟，就是出于他对事物的实用态度。证佛也须像儒学一样正心诚意方可达到目的。

苏轼对苏辙的《老子解》的评价很值得回味："昨日子由寄《老子新解》，读之不尽卷，废卷而叹。使战国时有此书，则无商鞅、韩非；使汉初有此书，则孔、老为一；晋、宋间有此书，则佛、老不为二：不意老年见此奇特。"（《跋子由老子解后》，《文集》卷六十六）侯外庐《中国思想通史》只引用了中间"使汉初有此书，则孔、老为一；晋、宋间有此书，则佛、老不为二"一段，为的是证明其论述的观点。但苏轼的用意并不尽在此，因为商鞅、韩非与三教毫无关系。苏轼说的更多的是《老子新解》的学术价值和苏辙的学术能力。学术能力可以等同于文学的笔力，所以这里"奇特"二字也和邵雍的"格韵奇"是一样的，只不过评价的对象不同而已。之所以能达到这样的境界，是因其有忠于事情，不为世俗意见所动的精神。这种精神也就是勇："天下有大勇者，卒然临之而不惊，无故加之而不怒,此其所挟持者甚大,而其志甚远也。"(苏轼《留侯论》)忠、勇又必然导致节义的成就。

苏轼本人当然也是有如此的"奇特"。《录陶渊明诗》:

> "清晨闻扣门,倒裳自往开。问子为谁与?田父有好怀。壶浆远见候,疑我与时乖。褴缕茅檐下,未足为高栖。一世皆尚同,愿君汩其泥。深感父老言,禀气寡所谐。纡辔诚可学,违己谁非迷。且共欢此饮,吾驾不可回。"此诗叔弼爱之,予亦爱之。予尝有云:"言发于心而冲于口,吐之则逆人,茹之则逆予,以谓宁逆人也,故卒吐之。"与渊明诗意不谋而合,故并录之。(《文集》卷六十七)

可见人格的独立、精神的自由是与正确的思想统一的。"从来直道不辜身,得向西湖两过春。沂上已成曾点服,泮宫初采鲁侯芹。休惊岁岁年年貌,且对朝朝暮暮人。细雨晴时一百六,画船箫鼓莫违民。"(《常润道中有怀钱塘寄述古五首》之一,《诗集》卷十一)曾点气象,也就是孔颜乐处,是精神的至醇的境界,如同我们在上一章里说的,是格韵的形而上特征。苏轼将它与陶渊明的全性保真结合在一起,更将这种精神的醇厚加进了活泼的生命律动。

> 苏子由云:"东坡居士谪居儋耳,真家罗浮之下,独与幼子过负担渡海,葺茅竹而居之,日啖薯芋,而华屋玉食之念,不存于胸中;平生无所嗜好,以图史为园囿,文章为鼓吹,至是亦皆罢去。犹独喜为诗,精深华妙,不见老人衰惫之气。"苕溪

渔隐曰："凡人能处忧患，盖在其平日胸中所养。韩退之，唐之文士也，正色立朝，抗疏《谏佛骨》，疑若杀身成仁者；一经窜谪，则忧愁无聊，概见于诗词。由此论之，则东坡所养，过退之远矣。"（《苕溪渔隐丛话》卷四十一东 坡四）

对于陶渊明的评价，真切地反映出苏轼的人生态度。"道丧士失己，出语辄不情。江左风流人，醉中亦求名。渊明独清真，谈笑得此生。身如受风竹，掩冉众叶惊。俯仰各有态，得酒诗自成。"（《和饮酒二十首》，《诗集》卷三十五）苏轼以为陶渊明与所谓之江左风流不同，不以清谈为高，而以自得为尚。清谈的功过，今天肯定的意见已渐渐占了多数；不过在一生追慕晋宋的苏轼看来，它还是没有解决人生真正重要的问题。《跋荆溪外集》：

> 玄学、义学，一也。世有达者，义学皆玄，如其不达，玄学皆义。近世学者以玄相高，习其径庭，了其度数，问答纷然，应诺无穷。至于死生之际一大事因缘，鲜有不败绩者。孔子曰："有鄙夫问于我，空空如也，我叩其两端而竭焉。"① 世无孔子，莫或叩之，故使鄙夫得挟其空空以欺世取名，此可笑也。（《文集》卷六十六）

清谈者也是"以玄相高"，无补于世，末流者甚至以此博取虚名，混淆视听。明眼人一看便知这是说的程氏兄弟。《二程集·河南

---

① 注：关于三教关系，刘鹗《老残游记》以为释、道异端即是儒学"两端"，与儒学本为一体，良可注意。

程氏遗书》卷十一载，元祐元年司马光卒，朝廷命程颐主丧事，灵堂落成以后，苏轼兄弟去吊唁，却因程颐坚持"庆（灵堂落成）吊不同日"的古礼而怏怏返回。苏轼称其"鏖糟陂里（原注：言其山野）叔孙通"，讥讽其矫情泥古。同卷记程氏弟子朱公掞立朝时端正肃立，苏轼就对人说："何时打破这敬字？"苏轼主诚而不主敬（参见《经进东坡文集事略》卷四《中庸论》），即是蜀学真率而实用的一种表现。从这一点上，我们看出在思想立场上他跟周敦颐真善合一的思想是高度一致的（参看第二章）。

所以苏轼在《书李简夫诗集后》里说："孔子不取微生高，孟子不取于陵仲子，恶其不情也。陶渊明欲仕则仕，不以求之为嫌，欲隐则隐，不以去之为高，饥则扣门而乞食，饱则鸡黍以延客，古今贤之，贵其真也。"（《文集》卷六十八）"清真"之意即此。苏轼认为，陶渊明的人生态度就是不以世间浮名为累，而是真正地对生命具有一种发自内心的体认，不做违背自然规律、人格性命的事情。因为有了对生命、个性的真正体认，故能一切发于自然，出于无私，于穷通之际皆能谈笑以对，如风中之竹，寒苦而不减其劲节。《记游松风亭》：

余尝寓居惠州嘉祐寺，纵步松风亭下，足力疲乏，思欲就床止息。仰望亭宇，尚在木末，意谓如何得到？良久忽曰："此间有甚么歇不得处！"由是心若挂钩之鱼，忽得解脱。若人悟此，虽两阵相接，鼓声如雷霆，进则死敌，退则死法，当恁么时，也不妨熟歇。（《文集》卷七十一）

我们今天看到这篇文字时，真如受到迎头棒喝一般，人的生存为的什么？人的生命应该有什么价值，人的生命价值在人的心目中应占什么样的地位？

所以苏轼一生中虽没有邵雍那样过清静的日子，却能到处感受到生活的乐趣。赏景、饮酒、观书画甚至贬谪都可体会人生之乐。像邵雍一样，这种乐反映着他对"死生之际"的透彻的领悟。《和饮酒二十首》叙云："吾饮酒至少，常以把杯为乐。往往颓然坐睡，人见其醉，而吾中了然，盖莫能名其为醉为醒也。"这使我们想起了醉翁的"饮少辄醉"；《记承天寺夜游》里见月色而乐，"何夜无月，何处无竹柏，但少闲人如吾两人耳。"使我们想起了"以品题风月自负"（《朱子语类》卷一百）的邵雍以及光风霁月的周敦颐；醉翁、康节之自适放达和濂溪的贞刚雅致在苏轼身上得以浑然一体，表现在苏轼对陶渊明的评价上，就是对渊明"雅放"的欣赏（《和归去来兮辞》）。我们看他的《和陶游斜川·正月五日与儿子过出游作》，不仅写出了他的这种欣赏，也写出了他欣赏的原因：

谪居澹无事，何异老且休。虽过靖节年，未失斜川游。春江渌未波，人卧船自流。我本无所适，泛泛随鸣鸥。中流遇洑洄，舍舟步层丘。有口可与饮，何必逢我俦。过子诗似翁，我唱儿辄酬。未知陶彭泽，颇有此乐不。问点尔何如，不与圣同忧。问翁何所笑，不为由与求。（《诗集》卷四十二）

"彭泽千载人，东坡百世士。出处虽不同，风味乃相似。"（黄庭坚《跋子瞻和陶诗》，《豫章黄先生文集》卷七）他将陶渊明引为同道，也是因为渊明那种宠辱不惊、出处自得的态度。诗的最后四句是《论语》中子路四人侍坐的故事。曾皙"风乎舞雩，咏而归"的人生理想，理学家称之为"曾点气象"。是亦所谓"孔颜乐处"，如《和归园田居》"东家著孔丘，西家著颜渊"即言此。曾点那种洒落的襟怀更近于苏轼的"道"，而子路和冉有的理想就是"物"的范围了。我们上面说过，苏轼对道与器其实是并重的。但在他在备受打击之后，现实层面的理想已不能实现，故对道的方面强调得多一些。这是我们讨论他诗学理论时需要注意的。

　　苏轼在《和归去来兮辞》里说："已矣乎，吾生有命归有时，我初无行亦无留。驾言随子听所之，岂以师南华而废从安期。"乃是将人生放在天地之间，无所窒碍，而主体又坚持对生命的把握。这也是《问渊明》中"我引而高之，则为星斗悬。我散而卑之，宁非山与川。三皇虽云没，至今在我前"的意思。其和陶诗之多，质量之高，无出其右，就是因为他不但欣赏陶渊明，也理解了陶渊明①。当然，其笔力更是最根本的要素。对于苏轼的和陶诗，苏辙为其做了一次集中的总结。这也是对苏轼一生的总结。

　　　　东坡先生谪居儋耳，置家罗浮之下，独与幼子过负担度海。茸茅竹而居之，日啖薯芋，而华屋玉食之念不存于胸中。平生无所嗜好，以图史为园圃，文章为鼓吹，至此亦皆罢去。独喜为诗，精深华妙，不见老人衰惫之气。是时，辙亦迁海康，书来告曰："古之诗人有拟古之作矣，未有追和古人者也。追和古

---

①　注：特别在乞食一事上，至今许多学者（如鲁迅、顾农）不能认同陶渊明，以为太过做作；而苏轼则认为不如此。

人则始于东坡。吾于诗人，无所甚好，独好渊明之诗。渊明作诗不多，然其诗质而实绮，癯而实腴。自曹、刘、鲍、谢、李、杜诸人皆莫及也。吾前后和其诗凡百数十篇，至其得意，自谓不甚愧渊明。今将集而并录之，以遗后之君子。子为我志之。然吾于渊明，岂独好其诗也哉？如其为人，实有感焉。渊明临终，疏告俨等：'吾少而穷苦，每以家贫，东西游走。性刚才拙，与物多忤，自量为己必贻俗患，黾勉辞世，使汝等幼而饥寒。'渊明此语，盖实录也。吾真有此病而不早自知，平生出仕，以犯世患，此所以深愧渊明，欲以晚节师范其万一也。"嗟夫乎！渊明不肯为五斗米一束带见乡里小人，而子瞻出仕三十余年，为狱吏所折困，终不能悛，以陷大难，乃欲以桑榆之末景，自托于渊明，其谁肯信之？虽然，子瞻之仕，其出入进退，犹可考也。后之君子其必有以处之矣。……其诗比杜子美、李太白有余，遂与渊明比。辙虽驰骤从之，常出其后。（《追和陶渊明诗引》，《栾城后集》卷二十一）

这段话里把苏轼的自评和苏辙的"他评"都放在一起。我们对照看一下，可以看出他们所注意的东西是人生问题多于诗学问题的。苏辙认为，就苏轼的"出处进退"来看，他与陶渊明的境界还是不同的：陶渊明只是从个人角度保全自己的人格操守，不愿为五斗米折腰，从而去职归田；而苏轼则是在几十年的逆境中保持独立的人格，以天下为念，不以个人安危放弃对道的信念。"可考"者，即在此处。"方其金马石渠，不自知其东坡赤壁也。及其东坡赤壁，不自意其紫微玉堂也。及其紫微玉堂，不自知其珠厓儋耳也"。（黄庭坚

《东坡先生真赞三首》之一，《豫章黄先生文集》卷十四）黄庭坚是
苏轼的知音，他真正说出了苏轼在不同角色中具有的永恒的精神
内容。

　　而比较一下陶、苏原作与和诗就会发现，苏轼虽是以和为名，
实是有意地超越陶诗的人格境界的。施补华《岘佣说诗》："陶诗多
微至语，东坡学陶，多超脱语，天分不同也。"其实东坡自己也没有
把陶渊明当作不可逾越的对象，比如他认为陶渊明并不是真的旷达，
说《无弦琴》中"但得琴中趣，何劳弦上声"有些拘执，"五音六
律，不害为达，苟为不然，无琴可也，何独弦乎？"（《文集》卷六
十五）我们看一看他们各自的《形影神》三首即可理解这一点。陶
诗原作是典型的魏晋人去祸全身的思想："甚念伤吾生，正宜委运
去。纵浪大化中，不喜亦不惧。"（《神释》）魏晋人的这种思想是时
代造成的，尽管有些对社会责任的逃避，但其关注个体生命并将之
与生存的意义结合起来，这是符合苏轼思想中全真存性的方面的。
但苏轼之所以是苏轼，还在于他那种典型的宋人积极向上、革故革
新的精神。他在《神释》一篇中说：

　　　　二子（即形与影）本无我，其初因物著。岂惟老变衰，念
　　念不如故。知君非金石，安足长托附。莫从老君言，亦莫用佛
　　语。仙山与佛国，终恐无是处。甚欲随陶翁，移家酒中住。醉
　　醒要有尽，未易逃诸数。平生逐儿戏，处处余作具。所至人聚
　　观，指目生毁誉。如今一弄火，好恶都焚去。既无负载劳，又
　　无寇攘惧。仲尼晚乃觉，天下何思虑。

苏轼一开始提出了一个看似矛盾的问题，生命（形与影）不永，难以神完；但道家、释家皆虚无无凭，"终恐无是处"。那么，怎样使生命与精神永久长存呢？要像陶渊明一样饮酒终老？但酒总有醒的时候。一生违己交病，无可奈何（实际是反衬苏轼自己的坚强），最后只有将利害抛至一边，才可以一身轻松，达到不以物累的地步。这就在立意上比陶渊明高出了一步。其余的和陶诗也都从不同方面对陶渊明诗作有了新的阐发。

这样我们就能理解，苏轼为什么"独好渊明之诗"？因为陶诗质素的外表下有着绮丽的内涵，枯瘦的形体中蕴藏着敷腴的"道味"。（当然这是苏轼托古求新变的言说方式。）苏轼《王定国真赞》："温然而泽者，道人之腴也。凛然而清者，诗人之癯也。……若人者，泰不骄，困不挠，而老不枯也。"（《文集》卷二十一）这是"癯而实腴"的具体解释。可见，从人的角度看，"腴"者乃得道者的风韵。《陈辅之诗话》有"道味"一条，云：

> 韩愈《寄孟刑部联句》云："美名知道腴，逸步谢天械。"或问道果有味乎？余曰："如介甫'午鸡声不到禅林，柏子烟中静拥衾'，'竹鸡呼我出华胥，起灭篝灯拥燎炉'，'各据槁梧同不寐，偶然闻雨落阶除'，皆淡中意味，非造此景，不能形容也。"（《宋诗话辑佚》）

黄彻《□溪诗话》"淡中意味"作"淡泊中味"，其余相同。以敷腴形容道味，宋初宋庠等人已有先例，都是苏轼所说"温然而泽"的意思。此处诗话作者引用王安石的诗句来说明"道腴"是那么一种寂静而缅邈的"淡中意味",也是为说明同样的情境。虽然所选诗句更多的是一种出尘之想,并不太符合苏轼所追求的全真境界。

因为澹泊,所以超俗:"雄豪而妙苦而腴,只有琴聪与蜜殊。(自注:钱塘僧思聪总角善琴,后舍琴而学诗,复弃诗而学道,其诗似皎然而加雄放。安州僧仲殊诗敏捷立成,而工妙绝人远甚。殊辟谷,常啖蜜)语带烟霞从古少,(自注:李太白云,他人之文,如山无烟霞,春无草木)气含蔬笋到公无。(自注:谓无酸馅气也)香林乍喜闻薝卜,古井惟愁断辘轳。为报韩公莫轻许,从今岛可是诗奴。"(《赠诗僧道通》)雄豪而能婉妙,苦涩而能香醇,这正是锻炼而能平淡的写照。吴可分析苏轼的那段话十分细致:

> 凡装点者好在外,初读之似好,再三读之则无味。要当以意为主,辅之以华丽,则中边皆甜也。装点者外腴而中枯故也,或曰"秀而不实"。晚唐诗失之太巧,只务外华,而气弱格卑,流为词体耳。又子由《叙陶》诗"外枯中膏,质而实绮,癯而实腴",乃是叙意在内者也。

> 凡文章先华丽而后平淡,如四时之序,方春则华丽,夏则茂实,秋冬则收敛,若外枯中膏者是也,盖华丽茂实已在其中矣。(《藏海诗话》)

"装点者好在外,初读之似好,再三读之则无味"的就是苏轼说的"酸馅气",这是诗僧们易见的毛病(《石林诗话》)。吴可《藏海诗话》说的"中边皆甜"也来自苏轼:"柳子厚诗在陶渊明下,韦苏州上。退之豪放奇险则近之,而温丽靖深不及也。所贵乎枯澹者,谓其外枯而中膏，似澹而实美，渊明、子厚之流是也。若中边皆枯澹，亦何足道。佛云：如人食蜜，中边皆甜。人食五味，知其甘苦者皆是，能分别其中边者，百无一二也。"（《评韩柳诗》）"温丽靖深"，就是吴可说的"以意为主，辅之以华丽"。这句话，不仅道出了格韵的诗学特点，也为宋诗学做出了精辟的概括。自来人们就把唐宋诗之别描述成唐诗含蓄天然，宋诗尖新瘦硬，且为其作一优劣，但我们看唐人讲立意，多在物境与语势，是比较具体的；而含蓄是宋人学唐人时标举的口号，反而唐人诗格著作中少有注意之者。唐人选唐诗，似乎也不从含蓄上着眼。①

"不识陶靖节，定非风尘格。"（《富阳道中》）所以，苏轼在赞扬参寥写诗的时候，说"笔力愈老健清熟，过于向之所见，此于至道，殊不相妨，何为废之邪？当更磨揉以追配彭泽。"（《答参寥书》）是否可以这么认为，含蓄体现了宋人诗学理念温雅、平淡的外在体貌上的特点以及内在的理性化的特点？总而言之，含蓄不尽是外貌上的平淡，更是一种内在人文精神的外部表现。从这里，宋诗学得以独立于周诗学与唐诗学之外，成为一种新的诗学范型。

---

① 见第一章。

第四章

黄庭坚与格韵说的继续发展

第一节　黄庭坚对苏轼思想的继承——清新与笔力

尽管黄庭坚在他的著作里没采用"格韵"这一词语，但对格韵所代表的精神诉求，苏黄二人是一样的。作为"四学士"之一，黄庭坚一生师事苏轼，自言"老来抱璞向涪翁，东坡原是知音者。"（《戏答欧阳诚发奉议谢余送茶歌》，《豫章黄先生文集》（以下简称《文集》）卷八，四部丛刊本）许多问题都与苏轼持同样的立场。不过，由于二人性格、经历不同，在诗学上也必然有不同的认识。在对诗歌艺术进行论述时，因为二人性格不同，加上二人注重的方面也不相同，所以起码从论述的数量上看，苏轼是重整体的格韵而黄庭坚重较为具体的格、韵。按照道学家的说话方式，苏轼注重的是一般性的规定性（性），而黄庭坚注重的是一类事物的规定性（理）。黄庭坚从创作理论、创作实践上实现了格韵的理想。

在诗学上，黄庭坚也同苏轼一样，提倡诗歌的清新。"诗翁琢句玉无瑕，淡墨稀行秋雁斜。读罢清风生麈尾，吟余新月度檐牙。自知拙学无师匠，要且强言遮眼花。笔力有余先示怯，真成勾践胜夫差。"（《盖郎中惠诗有二强攻一老不战而胜之嘲，次韵解之》，《山谷诗注·山谷诗外集》卷四，丛书集成初编）我们再一次看到清新与笔力之间的这种亲缘关系。黄庭坚多次以清新论诗或教人，如"李侯诗律严且清，诸生赍载笔纵横。句中稍觉道战胜，胸次不使俗尘生"（《再次韵兼简履中南玉三首》，《文集》卷六），又"句法俊逸清新"（《再用前韵赠子勉四首》，《文集》卷十二）等等。我们在上一章说过，清新一是指诗意的不俗，一是指句法对诗意的表达效果异于常人。不俗是道德精神的表现，同时又是写作能力——笔力的表现。"少游五十策，其言明且清。笔墨深关键，开阖见日星。陈友评斯文，如钟磬鼓笙。"（《晚泊长沙示秦处度范元实用寄明略和父韵五首》，《文集》卷八）其中之"清"字即是气度高远之意。再举一个例子："警人得佳句，或以傲王公。处世要清节，滑稽安足雄。深沉似康乐，简远到安丰。一点无俗气，相期林下同。"（《次韵答高子勉》，《文集》卷十）这里的"清"明显是道德精神与个人境界的结合。文章需要"严"或"明"，但更重要的是要"清"。至于"新"字，大多数情况下是与"清"合而为一的，但有时清字重在意念的超俗，而新字重在句法的标新立异，如"传得黄州新句法"云云。

　　清新方能"无俗气"。如同上一章所指出的，清新与不俗其实是一个东西。在黄庭坚的艺术思想（当然包括诗学思想）中，"不俗"是一个非常重要的概念，它既指思想的不俗，又指艺术的个性特征，这一点可与上面相对照。黄庭坚在《跋东坡乐府》里说：

"缺月挂疏桐，漏断人初定。时见幽人独往来，缥缈惊鸿影。惊起却回头，有恨无人省。拣尽寒枝不肯栖，寂寞沙洲冷。"东坡道人在黄州时作。语意高妙，似非吃烟火食人语。非胸中有万卷书，笔下无一点俗气，孰能至此？（《文集》卷二十六）

黄庭坚在这里评价的是苏轼写的一首词（卜算子），至今早已广泛流播。其诗意在于以鸿写幽人（隐士）之避绝尘俗，显示一种孤傲清高的人生境界。然孤傲而不消沉，"惊""恨"而字使得在荒寒的情境里凸现出人格的力量。所以黄庭坚才说他是"语意高妙，似非吃烟火食人语"。所以，他赞扬王安石绝句"雅丽精绝，脱去流俗"，也是从诗歌的造语、气象着眼的："余尝熟观其风度，真视富贵如浮云，不溺于财利酒色，一世之伟人也。"（《跋王荆公禅简》，《文集》卷三十）

黄庭坚特别强调学养在脱去尘俗中的作用。《书刘景文诗后》也说："余尝评景文胸中有万卷书，笔下无一点俗气。"（《文集》卷二十六）为什么呢？因为读书可以使人开阔视野，进而使人增加识力，辨别什么是自己需要的，什么是不需要的。并不是要死读书。他说："更能识诗家病，方是我眼中人。"（《荆南签判向和卿用予六言见慧次韵奉酬四首》，《文集》卷十二）苏轼也说，黄庭坚诗"殆非悠悠者所识，能绝倒者也"，对事物的概括、识力不是常人可以达到的（《书黄鲁直诗后》）。用今天的话来说，这就是要在广泛学习的基础上通过分析比较，提高自己的认识水平和技术水平，最终达到所追求的理想境界。黄庭坚在《论作诗文》中说："小诗，文章之末，

何足甚工？然足下试留意：奉为道之'词意高胜'，要从学问中来
尔。后来学诗者，时有妙句。譬如合眼摸象，体得一处，非不即似，
要且不是。若开眼，则全体见之。"（《山谷别集》卷六，四库全书
本，下同）如果不学习，就只能是像他自己少时作品一样"气嫩语
坚"了（《答王观复》，《文集》卷十九）。

学习古人也要学其作品中体现的这种不俗的人格境界。《书嵇叔
夜诗与侄榎》："叔夜此诗豪壮清丽，无一点尘俗气。凡学作诗者，
不可不成诵在心，想见其人。虽沉于世故者，暂而揽其余芳，便可
扑去面上三斗俗尘矣，何况探其义味者乎？"（《别集》卷十）"义
味"是人生境界的幽微之处。欧阳修、苏轼常说某某人或某某人说
的话、做的事"有味"，也是这个意思。我们在上面说过，这是与宋
代人们说的"道味"是同样的东西。黄庭坚在《题意可诗后》里专
门讨论了不俗与道性的关系：

> 宁律不谐，而不使句弱；用字不工，不使语俗，此庾开府
> 之所长也。然有意于为诗也，至于渊明，则所谓"不烦绳削而
> 自合"。虽然，巧于斧斤者多疑其拙，窘于检括者辄病其放。孔
> 子曰："宁武子其智可及也，其愚不可及也。"渊明之拙与放，
> 岂可为不知道者哉！道人曰："如我按指海印发光，海暂举心，
> 尘劳先起。"说者曰：若以法眼观，无俗不真；若以世眼观，无
> 真不俗。渊明之诗，要当与一丘一壑者共之耳。（《文集》卷二
> 十六）

前面的话，跟陈师道信奉的以格法体现不俗的想法是一致的；

但是，黄庭坚更追求由"道"体现得更为精微、弘深的不俗。所以，他接受了苏轼的观点，将陶渊明"欲仕则仕，不以求之为嫌；欲隐则隐，不以去之为高"的真率看作以道观诗的理想目标，从陶诗之拙朴与自然的外貌中体会到主体对现象的内在超越，这说明，黄庭坚的诗学理念从根本上与苏轼是没有区别的。但是关于实现的途径，他认为读书——识力——创新的途径更为现实。他劝人学习老杜后期诗歌其实也是为了学习与陶渊明诗歌一样的超越精神（《答王观复书》，见下）。只有才识达到一定程度的时候就会使诗歌创作达到以俗为雅、率性而合道的地步。苏轼也重视读书的功夫，而且从少年时即身体力行，但他更强调学习的目的，而黄庭坚则手段、目的兼顾。

对初学者来说，学习谁，学习什么是很重要的事。《答洪驹父》："少加意读书，古人不难到也。诸文亦皆好，但少古人绳墨耳。……书凡作一文，皆须有宗趣，始终关键，有开有阖，如四渎虽纳百川，或汇而为广泽，汪洋千里，要自发源注海耳。"（《文集》卷十九）黄庭坚一生学习对象有过许多，比如司马迁、韩愈（同上），以及本朝的谢师厚、苏轼等人，但对杜甫、陶渊明的推崇与学习则是其诗风形成的主要来源。这也是北宋中期以后诗人学习创作的普遍情况。他多次在文章里反复解说陶渊明、杜甫的典范意义，希望子弟们能从中吸收营养：

予友生王观复作诗有古人态度，虽气格已超俗，但未能从容中玉佩之音，左准绳、右规矩尔。意者读书未破万卷，观古人之文章未能尽得其规摹及所总览笼络，但知玩其山龙黼黻成章耶？故手书柳子厚诗数篇遗之，欲知子厚如此学陶渊明，乃为能近之耳。如白乐天自云效陶渊明数十篇，终不近也。（《跋书柳子厚诗》，《文集》卷二十六）

所寄多佳句，犹恨雕琢功多耳。但熟观杜子美到夔州后古律诗，便得句法：简易而大巧出焉，平淡而山高水深，似欲不可企及。文章成就，更无斧凿痕乃佳耳。（《与王观复书》，《文集》卷十九）

学习的内容，不但在于古人的写作技巧，更在于古人的写作态度和艺术精神。"古人之关键"在哪里呢？其精微之处就是他们文章的"规摹及所总览笼络"，也就是古人作品的精神、气象以及对作品立意、布置、造语的总体把握。规摹前人之神气，才是最主要的方面，不然，"但知玩其山龙黼黻成章"，终不能达到"简易而大巧出焉，平淡而山高水深"的精妙地步。黄庭坚在给王观复的另一封信中说："好作奇语自是文章病。但当以理为主，理得而辞顺，文章自然出群拔萃。观杜子美道夔州后诗、韩退之自潮州还朝后文章，皆不烦绳削而自合矣。""理"就是作品中与立意有关的精神指向，它决定着作品的存在价值。

所以，尽管对"不俗"的理解稍有不同，黄庭坚的诗学思想仍然体现出对苏轼理念的延续。当然，作为宋型诗的代表人物，苏黄的诗学理想"清新"也是当时整个宋代诗坛的共同思想。他们共同的诗学偶像——陶渊明代替了白居易成为宋诗成熟时期的诗学追求，代表着格韵说在理念、对象、技法、审美等各方面的逐步成熟。

第二节 "韵胜"——韵对格的涵容

我们下面看看在理论形态上，黄庭坚跟苏轼有什么不同。从上面的论述可以看出，黄庭坚在谈到格的问题时，情形跟苏轼基本相同，都是道德精神与艺术形式的统一。但黄庭坚所说的似乎更注重格的审美角度而不是精神角度的意义。《送石长卿太学秋补》云："胸中已无少年事，骨气乃有老松格。"（《文集》卷六）赞扬石氏的气格老成，以松树的苍劲比拟石氏的气格。前面所引《跋书柳子厚诗》里特别提到："予友生王观复作诗有古人态度，虽气格已超俗，但未能从容中玉佩之音，左准绳、右规矩尔。……"这表示精神力量亦需具体为创作时表现出的笔力方能有更完整的呈现。他不止一次地像称赞苏轼那样称赞陈师道诗歌的雄健："吾友陈师道，抱瑟不吹竽。文章似扬马，咳唾落明珠。固穷有胆气，风壑啸於菟。秋来入诗律，陶谢不枝梧。"（《和邢惇夫秋怀十首》，《文集》卷四）胆气文章是人格力量的不同侧面，然而最后还是以陶谢的自然宗趣为依归。

这说明，他心目中的格是包含了审美的内容，即是格、韵综合的产物，与苏轼的"格韵"相差不大了。更能说明问题的是，黄庭坚往往将格与韵并提，二者隐隐有了某种必然性的关联。《题摹燕郭尚父图》：

> 凡书画当观韵。往时李伯时为余作李广夺胡儿马，挟儿南

驰，取胡儿弓，引满以拟追骑。观箭锋所直发之人马，皆应弦也。伯时笑曰：使俗子为之，当作中箭追骑矣。余因此深悟画格。此与文章同一关纽，但难得人入神会耳。（《文集》卷二十七）

"画格"（绘画的总体原则）同于诗格，不但要留有余意，更要体现出神采力度。所以此处之韵既包含了艺术的韵味，也包含了个体的精神，既有余意，也有豪健之气。这里的豪健当然是与程颐说的"风流人豪"同义的。朱熹、方回评陶渊明诗为外相平淡，内里豪放也是出于相同的认识。①

黄庭坚对"韵"的重视态度，也比苏轼更加鲜明，几乎等同于苏轼所说的"格韵"，特别在中年以后的作品中更是如此。黄庭坚六十岁时有《赠惠洪》一诗，云："韵胜不减秦少观，气爽绝类徐师川。不肯低头拾卿相，又能落笔生云烟。"（《文集》卷六。陈善《扪虱新话》以为是惠洪诈学山谷所作，未知确否。）按以"气韵"论艺，始于宗炳；而将气、韵区别运用，则始于五代的荆浩。《笔法记》说："气者，心随笔运，取象不惑；韵者，隐迹立形，备仪不俗。"黄庭坚诗简直是把这句话转化为韵语形式。这不是简单的词语差别，而是标志着艺术目标和审美趋向的变化。

荆浩的观点其实是张彦远《历代名画记》中"气韵""神韵"的确定化，都是以气作为创作论的中心，而将韵作为作品论的中心。但是，在张彦远那里，神韵只是艺术表现的一个结果，而荆浩则同

---

① 朱玉．清邃阁论诗［M］．中国历代文论选：第二册［M］．上海：上海古籍出版社，1979．；方回．瀛奎律髓：卷一［M］．上海：上海古籍出版社，1986．

时将它当作了像气一样的创作前提。到了宋代，随着人们对道的不断强调，气与韵都成为道的基础上的艺术范畴，其内涵也有相当程度的交叉。气格之高与气韵之胜往往是不同角度看到的不同形态而已。而在将它们分开来看时，则会同时呈现出"不俗"的面目。

从这个意义上理解黄庭坚所提出的"韵胜"的艺术命题，就可以了解宋诗学"外枯而中膏"的特点。"韵胜"就是"中膏"的部分。在宋代（以及整个古代），黄庭坚是说"韵胜"最多的人。从其使用的情况来看，他说的韵也与苏轼说的"格韵"相差无几：

其一，都用在评价人物精神风貌。他明确提出要以韵作为评价人物的标准："论人物要是韵胜为尤难得。"（《豫章黄先生文集》卷二十八《题跋》）我们上面所举的《赠惠洪》一诗，就是赞扬青年惠洪不恋富贵，而致力于诗艺建树的出尘风姿。又说俞秀清"慧根韵胜，已有退听返闻之功"，也是同样的意思。

其二，都用以评价作者的诗歌作品，如《与王立之承奉帖五》："惠腊梅并得佳句，甚慰！怀仰数日，天气骤变，固疑木根有春意动者，遂为诗人所觉。极叹足下韵胜也！"（《别集》卷十五）在这两方面中，形容人与形容诗都是出于同一种意思，而且往往不能分别得很清楚。

其三，与苏轼相同，黄庭坚多是通过艺术鉴赏来表达对人物的风韵的赞扬，而且使用的次数更多，比例更大。"韵胜"一词绝大多数用在对书法的评价上。这方面的例子不胜枚举："钟大理表章致佳，世间盖有数本，肥瘠小大不同，盖后来善临榻本耳，要自皆有佳处。两晋士大夫类能书，笔法皆成就，右军父子拔其萃耳。观魏晋间人，论事皆语少而意密，大都犹有古人风泽，略可想见。……

蓄书者能以韵观之，当得仿佛。"（《文集》卷二十八）又："书家论徐会稽笔法，怒猊抉石，渴骥奔泉。以余观之，诚不虚语。如季海笔，少令韵胜则与稚恭并驱争先可也。季海长处，正是用笔劲正而心圆，若论工不论韵，则王著优于季海，季海不下子敬；若论韵胜，则右军大令之门，谁不服膺？往时观怒猊抉石渴骥奔泉之论，茫然不知是何等语。老年乃于季海书中见之，如观人眉目也。"（《书徐浩题经后》，同上）又"东坡简札，字形温润，无一点俗气。今世号能书者数家，虽规摹古人，自有长处。至于天然自工，笔圆而韵胜，所谓兼四子之有以易之，不与也。"（《题东坡字后》，《文集》卷二十九）这让我们想起苏轼《书黄子思诗集后》里对古代书法家、诗人的评价。韵胜的内容就是"萧散简远"，就是荆浩说的"备仪不俗"。韵是从笔法中得到体现的。

其四，重要的是，这里的韵与苏轼说的格韵一样，内里充溢着道德的精神。"东坡道人少日学兰亭，故其书姿媚，似徐季海。至酒酣放浪，意忘工拙，字特瘦劲，乃似柳诚悬。中岁喜学颜鲁公杨风子书，其合处不减李北海。至于笔圆而韵胜，挟以文章妙天下，忠义贯日月之气，本朝善书自当推为第一。数百年后必有知余此论者。"（《跋东坡墨迹》，《文集》卷二十九）韵当然主要是从书法的审美效应而言的，但此中又包含了宋人人格追求中超于世俗的德性因素，故而比唐人的神韵多了一层主观的东西在里面。这表明韵中蕴含着气格的因素。

其五，更与苏轼相同的是，韵胜也用于对美的事物（无论是味觉的、视觉的、听觉的）的评价。苏轼用格韵来表示对江瑶柱、荔枝的喜爱，而黄庭坚也用韵胜来对家乡的茶叶表示由衷的热爱："校经同省并门居，无日不闻公读书。故持茗碗浇舌本，要听六经如贯珠。心知韵胜舌知腴，何似宝云与真如。汤饼作魔应午寝，慰公渴梦吞江湖。"（《以双井茶送孔常父》，《文集》卷三）双井茶是黄庭坚很引以为骄傲的，经常拿来送给他的朋友，如苏轼、惠洪等人，苏轼也专门为此写诗称赞。不过据惠洪的说法，并非为茶之极品（《冷斋夜话》），如果确实如此，则又体现了黄庭坚素淡为人又持性坚定的忠厚性格。另外，他在《白山茶赋》里也说："孔子曰：岁寒然后知松柏之后彫也。丽紫妖红争春而取宠，然后知白山茶之韵胜也。"（《文集》卷一）可见韵胜是一种风流萧散的姿态。可能受苏黄的影响，后人多以韵或格韵来形容一些美妙的事物，比如张戒论花有"格致韵味"（《岁寒堂诗话》），陈去非论腊梅"韵胜谁能舍，色庄那得亲。朝阳一映树，到骨不留尘"（《同家弟赋腊梅诗得四绝句》，《增广笺注简斋诗集》卷七，四部丛刊本）的清婉之态，杨万里论木樨"姮娥收去广寒秋，太息花中无此流。花品已高香更绝，却缘韵胜得清愁"（《木犀落尽有感》，《诚斋集》卷十四，同上），论雪景"晴光雪色忽相逢，雨滴空阶日影中。珍重北檐殊韵胜，苟留残玉不教融"（《雪晴》，《诚斋集》卷二十一，同上）等等，都是从形象看韵度，以韵观物的结果。当然，最多的仍然是用来论人物之韵，如刘克庄说朋友黄预"骨秀神仙数，诗清雅颂才。识高悬日月，韵胜绝尘埃"（《黄预挽词四首》之二，《后山诗注》卷八，同上），惠洪说老友"韵胜折松秋露骨，气和寒谷夜生春"（《道林喜见故人》，《石门文字禅》卷十一，同上）等等，这里不遑多举。

　　从这个词语的合成方式来看，实际上也是欧阳修、黄庭坚等提倡的"道战胜"的翻版，而从其内涵来看，也实在是同一理念的不同表现方式。上引《增广笺注简斋诗集》卷七《同家弟赋腊梅诗得四绝句》和《后山诗注》卷八《黄预挽词四首》之二中对韵的注释，皆以王巾《头陀寺碑》"道胜之韵，虚往实归"（见本文第一章）那句话作为例子说明其意义的来源。可见宋人眼里的韵是与道联系在一起的，是道返本归朴的精神境界。所以我们回过头来看宋庠"渴吻漱仙液，饥肠涵道腴"（《和答吴充学士见寄长韵》）和黄庭坚"心知韵胜舌知腴"（《以双井茶送孔常父》，见上）的话，就可以知道他们品尝的是一种敷腴的"道味"。

所以，在黄庭坚这里，"格高"和"韵胜"与苏轼说的"格韵高绝"都有相似的内涵，格韵说的实质内容共同存在于苏黄诗学中间。

第三节　韵胜的写作实施：诗人句法与人格精神

格高、韵胜落实到诗歌创作上，那就是既要表现出诗意的清高脱俗，又要在表现方式上给人耳目一新之感。这就有了对笔力的要求。

笔力是作品在写作上的特征，是作者的才力的体现，也是诗歌"清新"的基础。上一章里我们引了苏轼《与参寥书》里的一句话："笔力愈老健清熟，过于向之所见，此于至道，殊不相妨，何为废之邪？当更磨揉以追配彭泽。"这句话里已包括了宋人对诗学的普遍认识：为诗需老到、雄健、圆熟，方显笔力之巨。欧阳修、王安石、苏轼等都有相当多的类似言论。黄庭坚对笔力的锻炼更是反复强调，他称赞苏轼"文章云起风生，笔力山崩海立"①；称赞洪炎"笔力可扛鼎"（《书舅诗与洪龟父跋其后》），都是将笔力作为创作才能的主要着眼点。与上面他称赞陈师道的话相比较，可以看出笔力的重要和"绚烂之极归于平淡"的创作原则。

从他对古人的态度上，也能说明黄庭坚对于笔力这一问题的态度。对于古人，黄庭坚主张学习之，然后超越之。"盖古人于能事不独求跨时辈，要须于前辈中擅场尔。"（《与王立之承奉帖五》，《别集》卷十五）"文章学问嗟予晚，深信前贤畏后生。"（《次韵答任仲微》）"有身犹缚律，无梦到行云。俗里光尘合，胸中泾渭分。……吾欲超万古，乃如负山蚊。"（《次韵答王眘中》，《山谷集》卷二，四库全书本）要达到古人的高度，就得依赖于个人的"才器笔力"。只有笔力雄健，方能致圆熟之境。

除了在总体原则上阐明立场，黄庭坚更探讨了才器笔力施之于创作的各个方面，从而提出了自己系统性的句法理论。这一点是他比苏轼更为仔细的。

以"句法"为系统的理论，实自黄庭坚始。一般说来，句法就是作诗的方法，跟唐人讲的"诗格"相同。但是，如缪钺先生所说，句法对黄庭坚来说不仅意味着法度，更意味着风格、笔力、甚至人格精神。

具体来说，在黄庭坚的论述中，句法主要包含有以下几方面的内容（笔者不认为"句法"一词有多达十几种的含义，而认为不同

---

① 《书子瞻松醪赋后》，《豫章先生遗文》卷九，如皋祝氏汉鹿斋 1922 年影礧嵝幄山房本。

的含义只是在不同语境下的不同侧重点）：第一，最普通、最通用的一种是诗歌的体式。《次韵文潜立春日三绝句》（之二）云：“谁怜旧日青钱选，不立春风玉笋班。传得黄州新句法，老夫端欲把降幡。”（《文集》卷十一）这里的句法就是指苏轼诗歌的写作特点。《观林诗话》载：山谷云：“余从半山老人得古诗句法云：‘春风取花去，酬我以清阴。’”苏轼也有以句法论诗的时候，比如《次旧韵赠清凉长老》说清凉长老“安心有道年颜好，遇物无情句法新”可能就是受了黄庭坚的影响①。

第二，自然地，每个人都有不同的写作个性，这句法也就成为他们写作个性的表现，因此也是其创作风格的表现。如他说徐长孺“刻意作诗，得张藉句法”（《徐长孺墓碣》，《文集》卷二十四）等。实际上，在说韩愈、杜甫等人的“句法”时也是在说他们的写作特点。吴聿《观林诗话》说：“渊明、退之诗，句法分明，卓然异众，惟鲁直为能深识之。学者若能识此等语，自然过人。”不言而喻，创作风格又可以表现出作者本身的个性与笔力，可以反映出作者的精神品格。

---

① 注：《苕溪渔隐丛话》前集卷三十五“半山老人（三）”引《西清诗话》云：元丰中，王文公在金陵，东坡自黄北迁，日与公游，尽论古昔文字，闲即俱味禅说。……在蒋山时，以近制示东坡，东坡云：“若‘积李兮缟夜，崇桃兮炫画’，自屈宋没世，旷千余年，无复《离骚》句法，乃今见之。”王德明认为，“这是我们目前所能见到的明确而完整的句法一词的最早记录。有人认为句法这一说法始于黄庭坚，恐怕是不准确的。”（论宋代的诗歌句法理论［J］. 新疆大学学报（社会科学版），2000（3））笔者按：苏黄订交在元丰元年，其时去苏轼离开黄州（元丰七年）已有六年，二人探讨诗学当不止一次，此处不足为据。黄庭坚熙宁五年已经“闲无用心处，雌黄到笔墨”（《林为之送笔戏赠》），开始了对句法的探讨，应该在理论上是先行者，况且苏轼也很少肯创造新词语来探讨理论。

第三，具体到写作过程中，这种写作特点就是一种种不同的写作方法。黄庭坚在教导别人学杜甫诗时，就说："请读老杜诗，精其句法，每作一篇，必使有意为一篇之主，乃能成一家，不徒老笔砚玩岁月矣。"曾敏行《独醒杂志》卷四载："汪彦章为豫章幕官，一日，会徐师川于南楼，问师川曰：'作诗法门当如何入？'师川答曰：'即此席间杯木半、果蔬，使令以至目力所及，皆诗也。君但以意蒯财之，驰骤约束，触类而长，皆当如人意，切不可闭门合目，作镂空妄实之想也。'彦章额之。逾月，复见师川曰：'自受教后，准此程度，一字亦道不成。'师川喜谓之曰：'君此后当能诗矣'。故彦章每谓人曰：'某人作诗句法得之师川。'"句法就是作诗的"法门"，是写作技巧的集中体现。

第四，上述宏观内容反映到创作过程中，又细分为对修辞（词序、对仗、比喻、声律等）、下字、命意、布置等方面的内容。此种用法在宋代诗论中大量存在，此处就不多引了。

所以，我们可以这样理解黄庭坚的审美理想。首先，作诗一定要有广大的规模，恢弘的气象，专注的态度，创新的精神。只有这样，所作之诗才有存于世上的价值。规模窘促，气局不伸，没有人格上的力量，就不会有存在的道德价值；而没有专注的态度和创新的精神，也不会有艺术上的价值。在黄庭坚看来，艺术上的成功与否，就像战争里的"成王败寇"道理一样。黄庭坚评论苏轼之诗说：

我诗如曹桧，浅陋不成邦。公如大国楚，吞五湖三江。赤壁风月笛，玉堂云雾窗。句法提一律，坚城受我降。枯松倒涧壑，波涛所春撞。万牛挽不前，公乃独力扛。……（《子瞻诗句

妙一世，乃云效庭坚体，盖退之戏效孟郊、樊宗师之比，以文
滑稽耳。恐后生不解，故以韵道之》，《文集》卷二）

　　开头说的是作诗应具有的气象，中间说的是句法高低，最后是
对上述两者的总结，赞扬苏轼的笔力巨大。无独有偶，苏轼也使用
了同样的言语来赞扬黄庭坚。《答舒尧文书》：

　　　　午睡昏昏，使者及门，授教及诗，振衣起观，顿尔醒快，
　　若清风之来得当之也。大抵词律庄重，叙事精致，要非嚣浮之
　　作。昔先零侵汉西疆，而赵充国请行，吐谷浑不贡于唐，而文
　　皇临朝叹息，思起李靖为将，乃知老将自不同也。晋师一胜城
　　濮，则屹然而霸，虽齐、陈大国，莫不服焉。今日鲁直之于诗
　　是已。（《苏轼文集》卷五十六）

　　赞扬黄庭坚诗歌的老健笔力。"庄重""精致"是说锻炼的精
细，这说明他对李商隐、王安石的学习；战胜之喻，则又说明黄庭
坚气格、笔力的雄奇。又《村醪二尊献张平阳》："诗里将军已筑
坛，后来裨将欲登难。已惊老健苏梅在，更作风流王谢看。□出定
知书满腹，瘦生应为语雕肝。□□洒落江山外，留与人间激懦官。"
（《苏轼诗集》卷四十八）风流与老健的统一，更说明他们对"老
韵"的自觉认同。

　　以力战形容作诗，让我们想起了欧阳修的"白战"。《六一诗
话》："国朝浮图以诗名于世者九人，故时有集号《九僧诗》，今不
复传矣。余少时闻人多称。其一曰惠崇，余八人者忘其名字

也。……当时有进士许洞者，善为辞章，俊逸之士也。因会诸诗僧分题，出一纸约曰：'不得犯此一字。'其字乃山、水、风、云、竹、石、花、草、雪、霜、星、月、禽、鸟之类，于是诸僧皆阁笔。"无疑九僧是被许洞打败了。这揭示出九僧的物象意格只是如此而已，笔力难以超出对前人的依赖。后来苏轼也仿效欧阳修与门生辈做过同样的游戏：

　　　元祐六年十一月一日，祷雨张龙公，得小雪，与客会饮聚星堂。忽忆欧阳文忠作守时，雪中约客赋诗，禁体物语，于艰难中特出奇丽，尔来四十余年莫有继者。仆以老门生继公后，虽不足追配先生，而宾客之美殆不减当时，公之二子又适在郡，故辄举前令，各赋一篇，以为汝南故事云。并写诗云："汝南先贤有故事，醉翁诗话谁续说。当时号令君听取，白战不计持寸铁。"（《聚星堂雪（并叙）》）

　　"白战"就是反晚唐派的做法，不用物象而以思致作诗。这正反映了宋人"以意为主"的诗学思想，甚至"黄、陈诗有四十字无一字带景者"（方回《瀛奎律髓》卷二十五《拗字类》评黄庭坚《次韵答高子勉》）。现在我们回过头来看杜牧说的"凡文以意为主，以气为辅，以辞彩章句为之兵卫。……意全者胜，辞愈朴而文愈高；意不胜者，辞愈华而文愈鄙"[1]，确实感到朴质的语言所具有的审美内容。

----

① 郭绍虞.中国历代文论选：第二册［M］.上海：上海古籍出版社，1979：182.

我们说过，笔力作为格韵诗学的内在力量支撑，是与士人对道的信念相表里的。实际上，欧阳修在论述新旧的"道"之间的斗争时，确实是用战斗来形容高尚的道打败卑下的道的畅快淋漓的情景："正经首唐虞，伪说起秦汉，篇章与句读，解诂及笺传，是非自相攻，去取在勇断，初如两军交，乘胜方酣战，当其旗鼓催，不觉人马汗。至哉天下乐，终日在几案。"（《读书》，《居士集》卷九）欧阳修多次说到"道胜"，就是那种正确的道战胜落后的、卑下的道的简缩语。黄庭坚的"韵胜"也是道胜的一种形式，只不过是从审美上着眼而已。

像欧阳修一样，黄庭坚也是将对道的坚定熔铸在句法之中："句中稍觉道战胜，胸次不使俗尘生。"（《再次韵兼简履中南玉三首》，《文集》卷六）苏黄在北宋政坛上少有得志的时候，其根本原因就是苏门诸人对自己信念的坚定与执着，从不做骑墙派。他认为："行要争光日月，诗需皆可弦歌。着鞭莫落人后，百年风转蓬科。"（《再用前韵赠高子勉》）所以，黄庭坚才会在《答何静翁书》里称赞何议论历史事件"不随世许可取明于己"，写诗"醇淡而有句法"，有自己独特的写作风格，"文章之法度盖当此"。

在黄庭坚的句法理论里，主要包括三个方面的内容：命意、布置、遣词。而在每一方面的内容里面，都显示着"战胜"的内在骨力，是"韵胜"在创作中具体而微的表现。

命意是宋诗学的理论起点。之所以不是物象、物境而是立意，是因为宋代诗歌已经走出了六朝以来兴感的路子，欣赏习惯也由物我相触转向了涵泳咀嚼，所以后来不习惯宋诗这种习惯的人就很看不上宋诗的这种写作方式："宋人必先命意，涉于理路，殊无思致。"

又说"李白斗酒百篇，岂先立许多意思而后措词哉？盖意随笔生，不假布置。"（《四溟诗话》）而宋人认为，从命意里头，可以看出诗人的精神力量。《陈辅之诗话》云：

> 冯长乐七岁吟治圃诗云："已落地花方遣扫，未经霜草其教锄。"仁厚天性全生灵性命，已兆于此。寇莱公八岁吟华山诗云："只有天在上，更无山与齐。"其师谓莱公父曰："贤郎怎不作宰相！"（"冯寇二公诗"条，《宋诗话辑佚》本）

再举个例子，南唐徐铉初见宋太祖，欲以舌解围，诵后主之诗以穷太祖，太祖吟"未离海底千山黑，才到天中万国明"之句，徐铉拜服。（《苕溪渔隐丛话》卷二十五引《后山诗话》）宋太祖是一粗人，但能受到宋初文人的齐声喝彩，就是因为他所作诗的意思比李煜境界廓大。王、苏、黄作为宋诗学的代表，不仅追求诗意的大，更追求诗意的深，普闻《诗论》云"天下之诗莫出于二句：一曰意句，二曰境句。境句则易琢，意句难制。境句人皆得之，独意不得其妙者，盖不知其旨也。所以鲁直、荆公之诗出于流俗辈者，以其得意句之妙也。"其中不难看到宋人对唐宋不同诗歌范式的认识。

由此形成了求奇求新的诗学观。《观林诗话》言：

> 《王立方诗话》记东坡十岁时，老苏令作《夏侯太初论》，其间有"人能碎千金之璧，不能无失声于破釜；能搏猛虎，不能无变色于蜂虿"之语，老苏爱之。以少时所作，故不传。然东坡作《颜乐亭记》与《黠鼠赋》，凡两次用之。以上皆王记。

予按《晋刘毅传》邹湛曰："猛兽在田，荷戈而出，凡人能之。蜂虿作于怀袖，勇夫为之惊骇，出于意外故也。"乃知东坡意发于此。

《西清诗话》："鲁直少警悟，八岁能作诗，《送人赴举》云'送君归去明主前，若问旧时黄庭坚，谪在人间今八年。'此已非髫稚语矣。"小小年纪就发如此宏大的喟叹。又吕本中《童蒙训》中说：人们评论黄庭坚诗歌哪首写得最好，都以为是那首"桃李春风一杯酒，江湖夜雨十年灯"，但黄自己却认为是"牛砺角尚可，牛斗残我竹"这一首。这不仅是因为立意不同常人，而句法也不着痕迹了。

在追求新奇的过程中，诗人们总结出了一些固定化的方法、原则。比如翻案和"以故为新"，"以俗为雅"以及"夺胎换骨""点铁成金"等等。

一是翻案。"翻案"一语由南宋的杨万里提出，是"翻却公案"的缩写。杨万里在《诚斋诗话》里说：

诗家用古人语，而不用其意，最为妙法。如山谷《猩猩毛笔》是也。猩猩喜著屐，故用阮孚事。其毛作笔，用之钞书，故用惠施事。二事皆借人事以咏物，初非猩猩毛笔事也。《左传》云："深山大泽，实生龙蛇。"而山谷《中秋月》诗云："寒藤老木被光景，深山大泽皆龙蛇。"《周礼》《考工记》云："车人盖圜以象天，轸方以象地。"而山谷云："丈夫要宏毅，天地为盖轸。"……老杜有诗云："忽忆往时秋井塌，古人白骨生青苔，如何不饮令心哀。"东坡则云："何须更待秋井塌，见人白骨方衔杯。"此皆翻案法也。予友人安福刘浚字景明，《重阳诗》云："不用茱萸仔细看，管取明年各强健。"得此法矣。（《诚斋诗话》）

黄庭坚的《猩猩毛笔》《中秋月》、苏轼的《次韵孔毅甫久旱已而甚雨三首》、刘浚的《重阳诗》等诗，都是在立意上高出前人，使得句法劲健，诗格峻峭。在他举的这些例子中，苏黄皆能翻空出奇，将原始素材运用得新意迭出。同样的例子可以举出很多。其实唐代诗人们已经熟练地运用过这种方法，而且也提出"反用事"的法则（《诗式》）。但宋人如此强调这种方法，除了是想找一个方便之门外，更是在以此发扬一种劲峭的力度，显示个性的精神。比如，前人描写花时多以美女作比，而黄庭坚则用美丈夫作比。（《冷斋夜话》卷四）黄庭坚说：

> 诗意无穷，而人之才有限。以有限之才，追无穷之意，虽渊明、少陵不得工也。然不易其意而造其语，谓之换骨法；窥入其意而形容之，谓之夺胎法。如郑谷《十日菊》曰："自缘今日人心别，未必秋香一夜衰。"此意甚佳，而病在气不长。西汉文章雄深雅健者，其气长故也。曾子固曰："诗当使人一览语尽而意有余。"乃古人用心处。（《冷斋夜话》卷一引）

为了显示个人超俗的气格，就不能使诗歌一览无遗，而应该用异于常人的意象选择、字句排列、音韵格律，使其产生生新瘦硬的感觉。《诚斋诗话》评苏轼《煎茶》诗云："'雪乳已翻煎处脚，松风仍作泻时声.'此倒语也，尤为诗家妙法，即少陵'红稻吸馀鹦鹉粒，碧梧栖老凤凰枝'也。'枯肠未易禁三碗，卧听山城长短更。'又翻却卢仝公案。仝吃到七碗，坡不禁三碗。"这就有了不同寻常的意味。从这个意义上来说，"夺胎换骨"实际是为了争取诗意、句法的新鲜而采取的方法，不应该是消极的东西。周裕锴认为：

　　这种"翻案法"既是宋代思想自由的一种体现，也与禅宗精神的影响有关。禅宗否定外在的权威，突出本心的地位. 以起"疑情"为参禅的基本条件，以唱反调为顿悟的重要标志，"即心即佛"可翻作"非心非佛"，"时时勤拂拭，莫使惹尘埃"可翻作"本来无一物，何处著尘埃"，破关斩壁，转凡入圣，大抵都有点"翻案"的精神。禅宗起疑情、唱反调一般都以一则公案、一个话头或一首偈颂为对象，这就启示宋诗人以前人作品为对象，从中翻出自己的新见解、新意境、新风格来。①

将翻案理解为一种写作的精神而不仅仅是一种方法，灼有见地。
谨于布置也是达致雄深雅健手段，它要做的是把诗意通过破题、比对等方法将之铺陈、延伸开来。这里不能求新，而要求稳。我们上面已经说过，黄庭坚要求人们在学习古人时，要学其对全篇结构、意脉的整体把握，使"理得而辞顺"。这实际也是对前人理论的继承。徐寅《雅道机要》云："凡诗须洞贯四阕，始末理道，交驰不失次序。"② 黄庭坚认为，写文章要"深知古人之关键""救首救尾，

---

① 周裕锴. 宋代诗学通论 ［M］. 成都：巴蜀书社，1997：196.
② 张伯伟. 全唐五代诗格校考 ［M］. 西安：陕西人民教育出版社，1996：424.

如常山之蛇"（《答王子飞书》）。这种把握的能力来自对古人的学习，更来自个人的锻炼。达到一定程度后，就可像老杜一样使诗歌显示出气力沉雄、抑扬顿挫的效果。

但绝对的稳要配以相对的奇才能显出诗歌的新来。《论作诗文》云："始学诗，要须每作一篇，辄须立一大意，长篇须曲折三致焉，乃为成章尔。……唐人吟诗绝句云，如二十个君子，不可著一个小人也。"对诗意的表达，遣词造句是最基本的工作。这就要求对用字精益求精。他讲究下字精确对句法优劣的重要性："覆却万方无准，安排一字有神。更能识诗家病，方是我眼中人。"（《荆南签判向和卿用予六言见慧次韵奉酬四首》，《文集》卷十二）黄庭坚认为，须下字无虚，才能锻炼精细，产生诗味。

> 老杜诗曰："黄独无苗山雪盛。"黄独者，芋魁小者耳。江南名曰"土卯"。南州多食之，而俗人易曰"黄精"。子美流离，亦未至作道人剑客食黄精也。如渊明诗曰："采菊东篱下，悠然见南山。"其浑成风味，句法如生成。而俗人易曰"望"南山，一字之差，遂失古人情状，学者不可不知。（彭乘《墨客挥犀》卷一引黄庭坚语）

他这里说的是文字传抄中的错讹现象，但一字的偏差就会使一首好诗变得卑陋而荒谬。所以他本人写诗极锤炼之功，使诗歌呈现出精严华丽的特点。这也是苏轼论其诗格韵高绝的理由之一。后来范温说"句法以一字为工"，就是对他的意见总结的结果。

这也不是什么新的问题，唐人宋人对此皆持相同的态度。唐代以来流传的许多"一字师"的故事说明了这个问题。但黄庭坚将这一问题作了自己的升华，提出"句眼"的说法，便使其具有了理论的高度。"拾遗句中有眼，彭泽意在无弦。"（《赠高子勉四首》）"句眼"一词，出自禅宗，论者多认为是指诗句中最具表现力、最能使诗歌焕发精神韵味的字。这在别的论述里，也叫作"响字"（吕本中《童蒙诗训》引潘邠老言）。但其实并不止此。黄庭坚说："高子勉作诗以杜子美为标准，用一事如军中之令，置一字如关门之键，而充之以博学，行之以温恭，天下士也。"（《跋高子勉诗》，《文集》卷二十六）能将诗意准确地传达出来，不但需要关键的字，也要关键的典故，总而言之是指诗句中的关键之点，不可遽认为只是字词而已。惠洪《冷斋夜话》云：

> 造语之工，至于荆公、东坡、山谷，尽古今之变。荆公曰："江月转空为白昼，岭云分暝与黄昏。"又曰："一水护田将绿绕，两山排闼送青来。"东坡《海棠》诗曰："只恐夜深花睡去，高烧银烛照红妆。"又曰："我携此石归，袖中有东海。"山谷曰："此皆谓之句中眼，学者不知此妙，语韵终不胜。"

我们固然可以说"护""送""睡"等字用得巧妙，但"我携此石归，袖中有东海"有什么"响字"呢？黄庭坚在这里实际说的是这些句子都是一篇作品中的精警之处，锻炼精细，意思出奇，也就是范温说能体现诗歌"精神气骨"的好句（《潜溪诗眼》"诗贵工拙相半"条，见下章）。不管是字、句还是典故，只要能领起一篇精神，就能够使作品获得化腐朽为神奇的能力，就是"句眼"。

　　从广义上讲，所谓的"以故为新"或者"点铁成金"等等，都可看作是"翻案"精神也即求新求工意念的扩展。《冷斋夜话》里，黄庭坚很明确地指出，句眼对诗歌的形式（语）与精神（韵）都具有重要的意义。上面惠洪所引的那些王安石、苏轼等人的诗句，都是对仗工整又同时诗意拔俗的，无论在形式上还是意念上，都是作品不可不具备的耀眼之处，不然，或是会落入句好而格下的毛病，或是会导致意新而体俗的缺点。对形式和个性的双重关注，使得他们对写诗的要求比其他"为艺术而艺术"或者"文以载道"等等的想法都有所不同。这都可以看作是格韵观念在诗歌创作各个方面的表现。

第五章

范温对苏黄格韵说的总结与深化

范温，字元实，华阳（今四川成都）人。其生平资料现存不多，难以知悉他的全部活动和思想。从这些不多的材料里，我们知道他为范祖禹之子，秦观之婿，吕本中之表叔，曾学诗于黄庭坚（厉鹗《宋诗纪事》卷四十一），曾做过班朔郎的小官（《华阳县志》卷十）。其行事无多见，蔡絛（蔡京季子）《铁围山丛谈》卷三、四记有数则，是最详细的。一则言其被称为"《唐鉴》儿"，且自称是"山抹微云女婿"；一则言其"不护细行"，痛论政事，认为当世士大夫"不使人明目张胆直道而行，率要作匿情诡行"；又论当时时世为"鱼烂"，而天宝末世为"土崩瓦解"等等。关于其个人生活方面，则"为其宠妾红鸾所困，俄得伤寒，不数日殂"。可见范温是议论锐利而又有些年少轻狂的。① 另外，《山谷内外集注》卷十九有黄庭坚崇宁三年（1104）与范温相遇后所做的六首诗，《晚泊长沙示秦处度范元实》五首和《次韵元实病目》，可知他的一些行踪。黄庭

---

① 虽然蔡絛为一奸人，但其《铁围山丛谈》却公认是珍贵的宋代史料，《四库总目》对其评价甚高。因此蔡的说法大致可信。丁传靖《宋人轶事汇编》卷十一、《华阳县志》有关记载皆从中征引。

坚对范温的评价也和蔡絛一样,《晚泊长沙示秦处度范元实》里说范温"范郎器鼎鼎",又说秦范二人"波澜阔"(这是杜甫评价曹植的话),可说是评价相当之高。《次韵元实病目》:"……范侯年少百夫雄,言行一一无可拣。看君眸子当瞭然,乃称胸次常坦坦。……"也说明了他议论过人,秉持中正的风度。蜀中范氏自五代以来即为大族,名人辈出,家学深厚,范温的这一点极可能是得自家传。《华阳县志》称范镇(蜀忠文公)"清白坦夷,遇人必以诚恭俭慎,默口不言人过。临大节,决大议,色和而语壮,常欲继之以死。虽在万乘前无所曲。"范温之父"《唐鉴》翁"范祖禹,也是"平居恂恂,口不言人过,至遇事则别白是非,不少借隐。"《宋元学案》为立《华阳学案》,黄庭坚亦列位后学。可见其家学渊源。

范温《潜溪诗眼》也表现出议论深刻,分析细致的特点。郭绍虞先生力赞其论诗明晰透彻,以为此处"诗眼"之义,非仅是响字、立意之谓,更是指论诗当"要以识为主,如禅家所谓正法眼者,直须具此眼目,方可入道",即别具只眼之意。"……此则'诗眼'之另一义,而为范氏之独擅者。蔡絛《铁围山丛谈》称其议论过人,殆亦见及此欤?"① 范温在《诗眼》中秉承了黄庭坚论诗重视识见的做法,提出"学者要先以识为主"的主张,"识文章者,当如禅家有悟门。夫法门百千差别,要须自一转语悟入。如古人文章直须先悟得一处,乃可通其他妙处。"("柳子厚诗"条)对理论问题像黄庭坚一样的敏感和积极。所以这部诗话与别的"辨句法,备古今,纪圣德,录异事,正讹误"(《彦周诗话》)的诗话不大一样,常常

---

① 郭绍虞. 宋诗话考［M］. 北京:中华书局, 1979:133－134.

是对诗学问题作深入的钻研，以解决理论问题为主导思想。

关于范温《诗眼》的诗学理论，有人认为是以探讨诗法为中心，分为字法、句法、章法、命意四个方面①；有人认为是诗意（包括诗识、诗意、诗韵三个方面）和用以表达诗意的诗法（包括炼字、炼意、炼句三个方面)②，是内容和形式的两分法。前者着眼于个案，后者着眼于系统。前一种说法并不完备，《诗眼》里其实还有宗趣（"诗法建安"条）等问题；后一种较为可取，但也有牵强之处，如诗识和诗韵很难说得上是诗意的内容。笔者以为，既然范温诗学思想从苏黄而来，完全可以方便地按照苏黄诗学思想中韵（审美理想）、语（写作方法）的两分法，也就是以他们习惯的形上、形下来划分其诗话的思想内容。以我们的理论框架进行梳理，恐怕会唐突了古人。

范温亲炙黄庭坚，但于苏黄思想的精微之处皆加以继承和发扬，时时独出已见。这也是我们将他而不是吴可、曾季狸、吕本中等人作为格韵说发展过程中的一个环节的原因。范温在很多问题上的探讨甚至比苏黄都要全面、深刻。而且，他谈论问题时的针对性更强，不像苏黄那样不同的内容交叉于相同的词语里，谈审美理念时就有意少涉猎诗法，谈诗法时就少涉及审美理念，因而每个问题都阐述得相当细致。他似乎是把分析哲学命题的那种逻辑的严密，概念的周延用在诗学命题里了。在我们下面就《潜溪诗眼》（《宋诗话辑佚》本）中的两大部分进行论述时，读者也会看到这一点。

---

① 刘德重，张寅彭. 诗话概说［M］. 北京：中华书局，1990：29.
② 朱学东. 识诗之法门悟诗之妙处［J］. 云梦学刊，2000（5）.

第一节　作为"世界精神"的韵

　　首先，对于诗学理想，他不仅吸收了苏黄格韵说的内容，继承了以"韵"为中心的审美理想，更将韵的内涵阐述得极为全面，涵盖并发展了苏黄对于格韵的认识。

　　和苏轼、黄庭坚一样，范温强调诗中蕴藏的主体精神。"杜诗体制"条："山谷常言少时曾颂薛能诗云：'青春背我堂堂去，白发欺人故故生。'孙莘老问云：'此何人诗？'对曰：'老杜。'莘老云：'杜诗不如此。'后山谷语传师云：'庭坚因莘老之言，遂晓老杜诗高雅大体。'"我们知道，黄庭坚追求的内刚外和的人生境界和写作境界①，这里正是对老杜含蓄与忠直互相融合的高雅境界的肯定，但范温是从反面来说，在逻辑上又多了一个层次。"李义山诗"条："义山诗世人但称其巧丽，至于温庭筠齐名，盖俗学只见其皮肤，其高情远意，皆不识也。"为揭示李商隐诗中的"孔明风烈"，忠义之气，他用了近三百字的篇幅分析李商隐的两首诗，说明李诗中杰出拔俗之处。

　　　　文章贵众中杰出，如同赋一事，工拙尤易见。……马嵬驿，唐诗尤多，如刘梦得"绿野扶风道"一篇，人颇诵之，其浅近乃儿童所能。义山云："海外徒闻更九州，他生未卜此生休"，

---

　　① 黄宝华. 黄庭坚评传［M］. 南京：南京大学出版社，1998：206.

语既亲切高雅，故不用愁怨堕泪等字，而闻者为之深悲。"空闻
虎旅鸣宵柝，无复鸡人报晓筹"，如亲扈明皇，写出当时物色意
味也。"此日六军同驻马，他时七夕笑牵牛"，益奇。义山诗世
人但称其巧丽，至与温庭筠齐名。盖俗学只见其皮肤，其高情
远意，皆不识也。

通过同赋一事，不但可以看出水平的高低，更能看出其立意的
高低。写悲情，不直写当事人和环境，而是从侧面进行描写，不但
文雅，而且其悲情更加深挚。李商隐在宋代的形象至此一变。

最集中地反映范温对苏黄格韵说的继承与发扬的，是"论韵"
一条。说"条"似乎有些委屈，因为这已是一篇一千五百余字的长
文了。这一大段议论，却仅仅是由黄庭坚"书画以韵为主"这几个
字发挥而成。这一段话，确实是包罗宏富，众多学者虽然已做过解
释，但仍有恨无郑笺之感。古代很少有人认真地对待一个特定的词
语，他们总是以"意会"而不是"言传"一个词语的意义，更不会
精确地界定词语的性质、范围，这就是为什么即使是词典，我们对
它的解释也很难懂的原因。中国古代艺术方面的论文较少，而且多
是其他命题的延伸，如嵇康《声无哀乐论》说的是音乐，最后却归
结到情性的问题上去了。范温就韵这一艺术范畴进行细致的归纳、
界定、演绎、分类等等很有现代意味的工作，确实是像钱钟书先生
说的一样"融贯综赅，不特严羽所不逮，即陆时雍、王士禛辈似难
继美也"①。

---

① 钱钟书. 管锥编 [M]. 北京：中华书局，1979：1363.

范温首先对"韵"进行了界定：

　　王偁定观好论书画，常诵山谷之言曰："书画以韵为主。"予谓之曰："夫书画文章，盖一理也。然而巧、吾知其为巧，奇、吾知其为奇；布置关阖，皆有法度；高妙古澹，亦可指陈。独韵者，果何形貌耶？"定观曰："不俗之谓韵。"余曰："夫俗者，恶之先，韵者，美之极。书画之不俗，譬如人之不为恶。自不为恶至于圣贤，其间等级固多，则不俗之去韵也远矣。"定观曰；"潇洒之谓韵。"予曰："夫潇洒者，清也。清乃一长，安得为尽美之韵乎？"定观曰："古人谓气韵生动，若吴生笔势飞动，可以为韵乎？"予曰："夫生动者，是得其神；曰神则尽之，不必谓之韵也。"定观曰："如陆探微数笔作狻猊，可以为韵乎？"余曰："夫数笔作狻猊，是简而穷其理；曰理则尽之，亦不必谓之韵也。"定观请余发其端，乃告之曰："有余意之谓韵。"定观曰："余得之矣。盖尝闻之撞钟，大声已去，始音复来。悠扬宛转，声外之音，其是之谓矣。"

　　就这一段话来说，范温所论之"韵"，就是指一种艺术的审美境界，是对所有绘画、音乐、诗歌甚至人生的审美的高度抽象。如果照西方哲学的话来说，就是审美的顶点。它比六朝、唐代的"韵度"更全面，跟司空图所说的"韵外之致"相似，但意义更为显豁，并且给出了"韵外之致"的发生机制。

　　这一段话的写作是件饶有兴味的事情。我们不能否认范温和王定观之间产生这场对话的真实性，就如同我们不能否认柏拉图《对话录》的真实性一样。但是我们也同样有理由相信，这场对话必定有同样的预设性，就像柏拉图的《对话录》经过了加工一样。因为，王定观的几个观点恰恰是此前人们对"韵"的不同认识。范、王的对话更像是范温对历史上各种韵论的总结和辨正。范温认为，以前对"韵"的各种定义都是不完整、不准确的：

第一，"不俗之谓韵。"这是当时流行的观点。我们上面已经论述了"不俗"所体现的精神境界，它和格韵一样，是苏黄眼中最高的艺术层次。书法绘画方面的俗是指用笔、面目之鄙下，诗歌之"俗"即后来严羽所说的"学诗先除五俗：一曰俗体，二曰俗意，三曰俗句，四曰俗字，五曰俗韵"，这是宋人极力要避免的。此种言论在宋代非常典型。而在人生态度上，其"不俗"的标准又是与六朝唐人的认识相统一的。这方面的"不俗"，一指不预人事，一指德性的张扬，前者是六朝人的态度，后者是（部分）唐人的态度。宋人以魏晋人物为楷模，其遗落世事的态度一直是宋代士大夫的人生追求。而宋人又以救济时溺为己任，故其人生态度兼有六朝与唐人两方面的内涵。归隐与出仕两种看似矛盾的生活状态在宋人那里和谐地结合在一起，就是所谓"中隐"（"吏隐"）的生活，前面已经说过，此处从略。但细心的范温发现了这种说法在表达上的一个漏洞：那就是苏黄对概念的界定是用否定的形式来完成的，并非是一种严密的定义，"夫俗者，恶之先，韵者，美之极。书画之不俗，警如人之不为恶。自不为恶至于圣贤，其间等级固多，则不俗之去韵也远矣。"我们今天学习了逻辑学，知道根据换位法推理的规则，"前提中不周延的项，结论中不得周延"。不俗只是排除了一些可能性，但没有建立可靠的存在依据。它的内涵我们其实可以体验出来，

145

不过却没有一个确定的外延来让我们认识它。

第二，"潇洒"亦不可谓韵。"潇洒"即苏轼说的"萧散简远"，其中意义我们已经讨论过，也是一种"不俗"。范温释"潇洒"为"清"，并认为"潇洒""清"即"韵"，这是唐代以来的认识。韩愈《题子美坟》："何人凿开混沌壳，二气由来有清浊。孕其清者为圣贤，锺其浊者成愚朴。英豪虽没名犹嘉，不肖虚死如蓬麻。荣华一旦世俗眼，忠孝万古贤人芽。有唐文物盛复全，名书史册俱才贤。中间诗笔谁清新，屈指都无四五人。独有工部称全美，当日诗人无拟伦。笔追清风洗俗耳，心夺造化回阳春。……""全美"就是范温说的"尽美"，司空图《与李生论诗书》："盖绝句之作，本于诣极，此外千变万状，不知所以，神而自神也，岂容易哉？今足下之诗，时辈固有难色，倘复以全羡为工，即知味外之旨矣。"案"全美"出《荀子·正论》："圣人备道，全美者也。"与孔子说的"尽善尽美"是一个意思。这不但包括艺术的审美，更包括笼括天地的力量。再举一例，刘斧《青琐高议》："蒋侍郎棠还镇告老，高如苏公吟咏，韵峭格清。士君子颇称赏之。……公之诗清而有格，意旨远到，盖皆此类也。""清"即是指"意旨远到"，是诗意的不同尘俗。然而，清仍属于诗歌的表象层面，"意旨远到"指的是诗意的拔俗之处，并非范温所要求达到的"有余意"。范温说，韵是一种"尽美"，即美的极致，作为艺术标准的一个方面，"清"显然不能代表韵的全部。尽管韩愈说的"清"和苏轼黄庭坚一样实际上具有了"全美"的内涵，但在表达上范温仍然认为是不确切的。

第三，有神非谓韵。由范温的话可以看出，他说的神是指王偁说的气韵生动。这种认识在当时很普遍，唐代张彦远《历代名画记》：“顾恺之曰：画人最难，次山水，次狗马，其台阁一定器耳，差易为也。斯言得之。至于鬼神人物，有生动之可状，须神韵而后全；若气韵不周，空陈形似，笔力未遒，空善赋彩，谓非妙也。至于经营位置，则画之总要。”关于吴道子绘画的特点，古人认为是“衣带当风”，就是王俌说的那种笔势挥洒自由，脉络通达舒畅，“见之使人遂欲仙去”（《宣和画谱》）的特点，这是六朝以来体物美学发展的顶点（张彦远说：“今之画，纵得形似而气韵不生，以气韵求其画，则形似在其间矣。”）张彦远评吴道子“守其神，专其一，合造化之功，假吴生之笔，向所谓意存笔先，画尽意在”，吴道子与晋人顾恺之、陆探微不同，以疏体而胜顾、陆的密体，笔不周而意足，貌有缺而神全；一变东晋顾恺之以来那种粗细一律的“铁线描”，突破南北朝“曹衣出水”的艺术形式，笔势圆转，衣服飘举，盈盈若舞，形成独特的艺术风格，风行于时。“守其神”就是把握住事物的神气、神情，从而就可以“专其一”，注意形象塑造的整体性。在张彦远看来，“夫象物必在于形似，形似须全其骨气。骨气形似皆本于立意而归乎用笔”，他们认为骨气就是艺术的最高境界了。这里的“骨”与刘勰说的“骨”都是材料性的。在宋人那里，这还是属于艺的范围。而苏轼评吴道子为“出新意于法度之内，寄妙理于豪放之外”，就看得出其中的主客体分别。同样，范温在这里把有神与有韵区分开来，也说明了二者审美状态的不同，前者是感性的、具体的，而后者则必须是整体的、抽象的，有意为之的。

第四，穷理非谓韵。此前，苏轼在赞扬黄道辅写的《品茶要录》时，已经很明确地把韵与理分别开来：“今道辅无所发其辩，而寓之于茶，为世外淡泊之好，此以高韵辅精理者。”（《书黄道辅品茶要录后》)。陆探微"数笔作狻猊",是因为他对物体的线条、比例、结构的熟练把握,所以是"穷理"。谢赫评陆探微说:"穷理尽性,事绝言象。包前孕后,古今独立。"(《古画品录》第一品)。然而"穷理尽性"仍然只是艺术的一部分而不是全部。很显然,对事物的全面认识并不等于对事物的精神把握,范温在这里是要求一种对事物的超越性认识。范温对概念的界定可见十分严格。

在对几种说法作出辩驳以后,范温提出了自己的观点:"有余意之谓韵。"这似乎是没有什么神秘,也没有什么新鲜的说法。但是,此有余非彼有余,实际上范温对有余的解释才是他对韵重新定义的关键。为了使对方对韵有更清晰的认识,范温着重论述了韵的产生。从这里面我们可以看到"有余"到底是一种什么情形。

夫立一言于千载之下,考诸载藉而不缪,出于百善而不愧,发明古人郁塞之长,度越世间闻见之陋,其为有(按:似应为"能")包括众妙,经纬万善者矣。且以文章言之,有巧丽,有雄伟,有奇,有巧,有典,有富,有深,有稳,有清,有古。有此一者,则可以立于世而成名矣。然而一不备焉,不足以为韵;众善皆备而露才用长,亦不足以为韵。必也备众善而自韬晦,行于简易闲澹之中,而有深远无穷之味。观于世俗,若出寻常;至于识者遇之,则暗然心服,油然神会。测之而益深,究之而益来,其是之谓夫。其次一长有余,亦足以为韵。故巧丽者发之于平淡,奇伟有余者行之于简易,如此之类是也。

首先要具备"包括众妙,经纬万善"的能力,能够对所有的事物以及事物的各个方面都有相当程度的把握，才能洞彻万物，施于行为。文章只是显现这种能力的一个方面。刘勰说过："凡操千曲而后晓声，观千剑而后识器。故圆照之相，务先博观，阅乔岳以形培塿，酌沧波以喻畎浍。"（《文心雕龙·知音》）这是古已有之的说法。但是洞彻事物，只是达到了上述"理"的程度，必须"备众善而自韬晦，行于简易闲澹之中，而有深远无穷之味"，才称得上是"韵"。这同上面的辩驳达成了呼应。为什么"一不备焉，不足以为韵；众善皆备而露才用长，亦不足以为韵"，又为什么要"备众善而自韬晦"才称得上是韵呢？范温在《潜溪诗话》里说："老杜诗凡一篇皆工拙相半，古人文章类如此。皆拙固无足取，使其皆工，则峭急而无古气，如李贺之流也。"诗歌创作里，"工拙相半"才是符合艺术辩证法的。没有一定的放，便无从收起；没有一定的空白，便没有意境生发的空间。早在中唐，皎然在谈论诗艺的时候，就阐述了相似的观点："气高而不怒，怒则失于风流；力劲而不露，露则伤于斤斧；情多而不暗，暗则蹶于拙钝；才赡而不疏，疏则损于筋脉。"（《诗式·诗有四不》）"要力全而不苦涩，要气足而不怒张。"（同上《诗有二要》）其余"二废""四离"也都强调作诗时要掌握适当的艺术尺度。所以，跟意境的营造不同，韵的营造中理性的因素在这里不可或缺。如果说意境的营造是"入乎其内"的话，韵的营造则多有"出乎其外"的状况。范温这里说的"有余"就是主体有意地、主动地把自己丰盈的外表素淡化，使之展现出内里丰满与外表平淡的统一。

以下是范温对文章、书法、圣贤出处古人功业几个方面的韵的论述。在这些论述里，他进一步对韵的"有余"性质作了解释。

　　自《论语》、"六经"，可以晓其辞，不可以名其美，皆自然有韵。左丘明、司马迁、班固之书，意多而语简，行于平夷，不自矜衒，故韵自胜。自曹、刘、沈、谢、徐、庾诸人，割据一奇，臻于极致，尽发其美，无复余蕴，皆难以韵与之。惟陶彭泽体兼众妙．不露锋芒，故曰：质而实绮，癯而实腴，初若散缓不收，反复观之，乃得其奇处。夫绮而腴，与其奇处，韵之所从生；行乎质与癯，而又若散缓不收者，韵于是乎成。《饮酒》诗云："荣衰无定在，彼此更共之。"山谷云：此是西汉人文章，他人多少语言，尽得此理？……一时之意，必反覆形容；所见之景，皆亲切模写。如"孟夏草木长，绕屋树扶疏""日暮天无云，春风扇微和"，乃更丰浓华美。然人无得而称其长。是以古今诗人，惟渊明最高，所谓出于有余者如此。

　　范温的分析很精细："夫绮而腴，与其奇处，韵之所从生；行乎质与癯，而又若散缓不收者，韵于是乎成。"他把充分条件和必要条件都说明白了。就是说，韵的形成来自两个看似截然相反的方面：第一，韵的根本源头是内蕴丰沛（的事物），而同时又变态多方，穷极眼目，作者必须首先具有洞彻万理和抒写万物的能力，范温引黄庭坚评《饮酒》的话即是为此；第二，有了上面的内质以后，并不是直接表现出来就可以了，在表现（包括手法和形态）时，还要有善自韬晦，含蓄澹泊的心态，内藏华美而示以朴质，这才能产生韵。不言而喻，这种产生的过程也不是刻意为之，作者也是处在一种无为无不为的状态里。下面论书法之韵的时候说的"夫惟曲尽法度，而妙在法度之外，其韵自远"，说的正是这样一种创作状态。他引苏轼的话说，"苏子美兄弟大俊，非有余，乃不足，使果有余，则将收藏于内，必不如是尽发于外也。"从反面强调了这种自我调适的重要性。除此之外他列举的孔子圣有余之韵、颜回学有余之韵、汉高祖功业有余之韵、谢安器度有余之韵，都是有余而主动"收藏于内"的韵在人生各个方面所闪现的光芒。

第二节　诗法与韵的实现

有余是产生韵的主要途径。除了这种主动的内敛的"有余"，范温还指出得韵的另一途径，就是识见。他在论述山谷书法的时候，认为山谷书法"气骨法度皆有可议，惟偏得《兰亭》之韵"。就是说，黄庭坚是在不完全具备内在能力的情况下，获得了书法之韵。他为此辩解说：

> 盖古人之学，各有所得，如禅宗之悟入也。山谷之悟入在韵，故关（？开）辟此妙，成一家之学，宜乎取捷径而迳造也。如释氏所谓一超直入如来地者，考其戒、定、神通，容有未至，而知见高妙，自有超然神会，冥然吻合者矣，是以识有余者，无往而不韵也。

他以参禅仿佛得韵，认为不但渐修可以得韵，顿悟也可以得韵。许多学者认同他的观点。但是他似乎忘了，参禅可以与最高境界冥然吻合，因为那是一种纯粹的精神状态，可以得意忘言，而书法却必须施以人工，成为物质状态呈现在人面前的。那么，六祖慧能悟性之高，天下皆知，而他却不会写字，却又作何解释？苏黄确实强调识见，但他们的识见是针对具体的作诗经验，而非玄奥的"世界精神"。这说明，范温的韵论是有着浓厚理想主义色彩的。

通观范温对韵的辨析，可以发现他对格韵说的发展。邵雍、苏轼、黄庭坚通过对诗画等艺术形式的创作与研究，整理出一种时代性的艺术发展的思路，即是以人格精神为创作旨趣的理念，这是宋代人格精神发展的必然。青年范温深刻理解了苏黄所代表的新的诗学特质，在理论上将这种锻炼精严又态度超脱的升华为系统性的艺术、人生哲学。它要求主体忠于事情，极大地发挥其能动性，但又能不以物为累，保持自己人格的完整，实现一种积极的超越。宋代文化至此完全阐释了自己新的生命价值。

所以精于锻炼是作诗得韵的基础内容。《潜溪诗眼》大量谈论诗法及其存在意义，并且以此谈论相关的精神层面的问题。在《诗眼》中，诗法被范温仔细地分为三个方面：命意、句法、章法。按范温的说法，就是"本末、立意、遣词"（"柳子厚诗"条）。（有些学者认为应该有"字法"的部分，笔者不甚同意。他们说的字法其实就是用字，而这明明是句法里的内容，这个词实在没有必要制造出来。）在这些论述里，渗透着他对"韵"的追求，也显示出"韵"的理念的落实。

同黄庭坚一样，范温将"命意"看作写诗的头等大事。他在分析苏轼《和贫士诗》时说，对于陶渊明出处的问题，苏轼在诗中没有像别人那样只是赞扬陶渊明弃官归里，而对陶渊明在晋末出仕也持赞同态度，认为他本来无心于功名，出仕只是将其作为一种谋生手段，并不放弃自己的追求自然；弃官而去也是因为为官妨碍了对自然的追求，而不以功名为累。这是更深切的自然天真。（这正是宋代文化里追求"中隐"生活的观念，已见上述）又举苏轼《赵清献碑》为例，"世间称治郡者曰宽，立朝者曰直，盖已大矣，则进于二者，又有说焉。故曰：'其于治郡，不专于宽，时出猛政，严而不残。'其在朝廷不专于直为国爱人，掩其疵病。……此皆非世人所能到者。平日得意处多如此。"这就将对"铁面御史"赵抃的评价更加深入了。立意求新，故能超出众人之上。当然，范温这里说的只是求新的态度，而要达到这种能力，其实是要具备充分的学养和高超的识力，才能达到命意的高明。从苏轼这种不同流俗的命意高超，范温联想到庄子的天马行空的想象，认为苏轼的这种特点是来源于庄子。"故其论刘伶庄子阮千里阎立本，皆于世人意外，别出眼目，其平日取舍文意亦多以此为法。"（"坡文工于命意"条）命意与不俗是联系在一起的。

　　在"命意用事"条里，范温将命意又分一篇命意和句中命意。"诗有一篇命意，有句中命意。如老杜上韦见素诗（即《奉赠韦左丞丈二十二韵》，《杜诗详注》卷一），布置如此，是一篇命意也。至其道迟迟不忍去之意，则曰：'尚怜终南山，回首清渭滨'；其道欲与见素别，则曰：'常拟报一饭，况怀辞大臣'，此句中命意也。盖如此然后顿挫高雅。"这实际说的是命意在创作中的展开，也即他说的"布置"，是属于章法的问题。他说："自古有文章，便有布置，讲学之士不可不知也。"（"山谷言诗法"条）为了更好地将诗意完善并表现出来，范温认为：一、谨布置；二、明脉络。"布置"是针对命意而言，是诗意（而不是词句）在一篇作品中的发起、安插、突出、转变等等写作过程中的掌握。他再次以杜甫《赠韦见素》一诗为例，认为布置得当，会使诗意显得曲折多变，层次感、整体感增加，从而具有雅健深厚的表达效果。当然，诗意的转变曲折不能伤害到诗意的完整和连贯，所以范温特意指出，在行文的过程中，诗意须保持通畅，如同写文章一样讲究语势连续不断。这跟唐人诗格说的作诗立意须"左穿右穴"是一样的。他通过分析杜甫《十二月一日》《闻官军收河南河北》等四首诗，认为"古人律诗亦是一片文章，语或似无伦次，而意若贯珠。"（"律诗法同文章"条）他特意用书法中的运笔来说明诗法中对诗意的操作：

> 欧阳文忠言："用笔当使指运，而腕不知；方其运也，左右前后，不免欹侧，及其定也，上下如引绳，此之谓笔正。"山谷称："公主担夫争道，其手足肩背皆有不齐，而舆未尝不正。"指与担夫，则如遣词；腕与舆，则如命意。故唐文皇称右军书云："烟霏云敛，状若断而还连；凤翥龙盘，势如斜而反直。"与文章真一理也。今人不求意处关纽，但以相似语言为贯穿，以停稳笔画为端直，岂不浅近也哉。

从这里，我们真切地了解了宋人"以文为诗"的含义和原因，他们追求的目标与唐人不一样，是意念的自由王国而非主客体的互渗。

布置是对立意的展开，而句法则是展开之意的表现。"句法"条云："句法之学，自是一家工夫。昔尝问山谷：'耕田欲雨刈欲晴，去得顺风来者怨。'山谷云：'不如"千岩无人万壑静，十步回头五步坐。'"此专论句法，不论义理，盖七言诗四字三字作两节也。"
可见他说的句法比苏轼黄庭坚说得更为纯粹，仅仅是字词、韵律的
运用，地地道道的琢句之法，不再像苏黄那样在"句法"中蕴含如
许多的内容。而黄庭坚所言句法中之美学问题，范温也准确地将其
定位为句法的表达效果："……张平子《四愁诗》句句如此，雄健
稳惬。……老杜云：'不知西阁意，肯别定留人。'肯别邪？定留人
邪？山谷尤爱其深远闲雅，盖与上七言同。"杜甫对虚字的运用，使
得作品对读者起到一种直接的暗示作用，同时使句势由促变缓，语
气温雅煦和，使诗歌更为含蓄不尽。

句法用来达意，所以其重点在于字句的选择与运用。"九十行带
索"条：

《贫士诗》云："九十行带索，饥寒况当年。"近一名士作
诗云："九十行带索，荣公老无依。"余谓之曰："陶诗本非警
策，因有君诗，乃见陶之工。"……荣启期事近出列子，不言荣
公可知；九十，则老可知；行带索，则无依可知；五字皆赘也。
若渊明意谓至于九十不免行而带索，则自少壮至于长老，其饥
寒艰难苦宜如此，穷士之所以可深悲也。此所谓"君子于其言，
无所苟而已矣"。古人文章，必不虚设耳。

又：

好句要须好字，如李太白诗："吴姬压酒唤客尝"，见新酒
初熟，江南风物之美，工在"压"字。老杜《画马》诗："戏

拈秃笔扫骅骝",初无意于画,偶然天成,工在"拈"字。《柳》诗:"汲井漱寒齿",工在"汲"字。工部又有喜用字,如"修竹不受暑""野航恰受两三人""吹面受和风""轻燕受风斜","受"字皆入妙。老坡尤爱"轻燕受风斜",以谓燕迎风低飞,乍前乍却,非受字不能形容也。("炼字"条)

为什么要炼字呢?因为要炼之字往往处于表达诗意的关键之处,各种情绪、意念、事情、物象纠结在此处,需要一个突破口或者说一个疏散点,这是诗意升发的瓶颈,突破了就是诗意完备通畅的好诗,否则就会是落入俗格的一般作品。"句法以一字为工"条:

句法以一字为工,自然颖异不凡,如灵丹一粒,点铁成金也。浩然云:"微云淡河汉,疏雨滴梧桐。"工在"淡""滴"字。如陈舍人从易偶得杜集旧本,至《送蔡都尉》云:"身轻一鸟回",其下脱一字。陈公因与数客各以一字补之,或曰疾,或曰落,或曰起,或曰下,莫能定。其后得一善本,乃是"身轻一鸟过"。陈公叹服,一"过"字为工也。

我们看到,范温说的"点铁成金"与黄庭坚所说的很不相同,黄庭坚得意于"取古人陈言入于翰墨",以故为新,化腐朽为神奇,像别的论者一样"点瓦砾成金",而范温则是说锻炼而出的句中之眼,无论是否古人的陈言。相比之下,范温的观点更为科学一些。就像陈述事件一样,自然有铺垫、发展、高潮,"点铁成金"就是将普通的一个字赋予其极大的语言张力的过程。

　　同样的道理，在炼句过程中也存在着相同的情况。范温创造性地提出"诗贵工拙相半"的原则，为炼字、炼句提供了理论依据。他分析了杜甫的诗作，认为："老杜诗凡一篇皆工拙相半，古人文章类如此。皆拙固无取，使其皆工，则峭急而无古气，如李贺之流是也。"范温以杜甫的《望岳》诗为例，认为若没有开头的"岱宗夫何如"（今本为"如何"），下面的"齐鲁青未了"就会显得突兀。当然，若没有第二句，只说前面一句就没有意义，"虽曰乱道可也"。（"诗贵工拙相半"条）这还是铺垫与升发的关系。鲍当以《孤雁》诗闻名，"更无声接续，空有影相随"写孤单之意深入刻骨，但就不如杜甫"孤雁不饮啄，飞鸣犹念群。谁怜一片影，相失万重云"更含不尽之意。（同上）所以，虽然精警的句子是诗歌"精神气骨"所在之处，但没有一个发展产生的过程，总显得不是"高雅大体"。这说明，范温是认真地将诗歌作为一个整体来研究，没有像别人一样只盯着诗中的好句，这是很有现代意识的做法。

　　范温的表侄，著名的理学家吕本中说："学诗须熟看老杜、苏、黄，亦先见体式，然后遍考他诗，自然工夫度越常人。"（《童蒙诗训》）他们已经对宋型诗有了自觉的意识，认识到这种作诗范式的体系性。跟吕本中同时代的姜夔也继承了同样的思想，言："意格欲高，句法欲响，只求工于句字亦末矣。故始于意格，成于句字，句意欲深、欲远，句调欲清、欲古、欲和，是为作者。"（《白石道人诗说》）范温为格韵说建立起了完整的理论体系，成为《诗品》以后又一时代性的诗学理论。

第六章

格韵说在南宋的演进

第一节　南宋社会条件与诗学理念的变化

由上面的论述可知，宋诗学对"格韵"的追求，实际上是一种"终极关怀"的表现。而这种"终极关怀"的延续与传承，受客观条件的影响，不可避免地出现了一些变异或沉寂的阶段。范温以后，历史已进入南宋时期，此时社会的主题是抵抗侵略与发展经济，功利性的思想在社会中占有更重要的地位，政治氛围也没有了北宋时的那样开明，士人内心的那些对现实感到不确定的心理使他们难以沉浸于哲思默想，因而诗学问题的讨论多注重基本的创作方面的东西。这一点我们从南宋诗话的集大成著作《诗人玉屑》的内容编排中就可以看得出来。在其纲领性的《诗辨》《诗法》中，魏庆之归纳了当时流行的几种对诗歌性质的认识，如严羽、赵章泉等人的以识为主，讲究悟入，朱熹等人的讲究不俗，提倡"高远"（即高古），等等，对诗歌精神力量的注意仍然继续，但是对创作方法的注意更多了起了。在理论层次上，也趋于比较实用的作诗方法等方面。

另一方面，偏安江南的社会现实，使人们的生活态度发生了很大转变，生命安顿同国家存亡联系在一起，从而使士人内心的那种广大刚强的浩然之气外现出来，形成拯救社稷的现实行动。对诗学本身的思考，不再像前人一样赋予其广大深沉的内涵，而是回到了唐人那样以诗为诗，或者为时事而作的思想里去了。诗歌创作中唐人的影子越来越清晰，并从南宋一开始就出现了反宋诗的理论。南宋讲格韵或"韵"的论者，仅有陈岩肖、吴可、陈善、张戒、朱熹等人，他们都对宋诗的独特性进行了阐述，认为宋诗是独立于唐诗的新的诗歌范型，他们的论述为后来的宋诗派提供了重要的理论支持。

在上述五人中，陈岩肖、吴可是自觉继承苏轼理论的，而陈善则着重学习黄庭坚的理论。张戒、朱熹的诗学观点与苏黄门风则有同有异。但就前面三人的论述来看，其对格韵的理解也是比苏黄范温具体化了的，无复苏黄那里的深沉广远。陈岩肖生活在北宋南宋之交，正是江西诗派最流行的时候，其诗论不可避免受到苏黄的影响。

本朝诗人与唐世相亢，其所得各不同，而俱自有妙处，不必相蹈袭也。至山谷之诗，清新奇峭，颇造前人未尝道处，自为一家，此其妙也。至古体诗，不拘声律，间有歇后语，亦清新奇峭之极也。然近时学其诗者，或未得其妙处，每有所作，必使声韵拗捩，词语迂涩，曰"江西格"也。此何为哉？吕居仁作《江西诗社宗派图》，以山谷为祖，宜其规行矩步，必蹂其

迹。今观东莱诗，多浑厚平夷，时出雄伟，不见斧凿痕，社中如谢无逸之徒亦然，正如鲁国男子善学柳下惠者也。（《庚溪诗话》上）

在这段话中，陈岩肖提出了宋诗的独立性问题，认为宋人之诗与唐人各有妙处，黄庭坚的清新奇峭是宋诗的代表风格，跟唐人不同。但是，宋诗又不仅仅是清新奇峭，也可以是吕本中、谢逸的浑厚平夷。陈岩肖从风格的角度对宋诗进行概括，体现出宋诗独特的外枯中膏的特点，涵盖了宋诗从欧阳修到江西诗派的发展，这对诗学史具有重要的意义。他评论蔡戡诗"语简而意远""晚年笔力窥陶谢之藩篱"，如《芳美亭》诗曰："高人不惜地，自种无边春。莫随流水去，却污世间尘。"《遂初亭》诗曰："著亭傍林泉，偶与初心期。佳处时自领，未应鱼鸟知。""诸公服其韵胜也。"（《庚溪诗话》上）此处之"韵胜"仍然是黄庭坚的思想。

而吴可《藏海诗话》对宋诗特质的总结更为前面。他说："凡看诗，须是一篇立意，乃有归宿处。"跟陈善等人一样，都将宋诗的创作原则归结为立意。他也跟范温一样，把诗歌的成功与否归结为是否有余意："余题王晋卿画《春江图》，累十数句，事穷意尽，辄续以一对云'寒烟炯白鹭，暖风摇青苹'，便觉意有余。"当作诗到没有落脚处的时候，宕开一笔，就显得迥然不俗。意有余，也就是范温所言之韵的产生机缘。他评价沈千运《古歌》"含不尽之意，见于言外"，同样如此。下面这段话，可以看作是他对欧王苏黄等人诗学理论的集中总结。

　　凡装点者好在外，初读之似好，再三读之则无味。要当以意为主，辅之以华丽，则中边皆甜也。装点者外腴而中枯故也，或曰"秀而不实"。晚唐诗失之太巧，只务外华，而气弱格卑，流为词体耳。又子由《叙陶》诗"外枯中膏，质而实绮，臞而实腴"，乃是叙意在内者也。

　　画山水者，有无形病，有有形病；有形病者易医，无形病则不能医。诗家亦然。凡可以指瑕镌改者，有形病也。混然不可指摘，不受镌改者，无形病，不可医也。

　　诗歌不华丽好医治，但是内在无意就不好医治。对于意的表达，他多以老杜、王安石为楷模，赞赏他们那种有笔力有声调，既奇特又典雅的作法。如赞扬荆公易白乐天"紫藤花下怯黄昏"为"海棠花下怯黄昏"，便觉风韵超然。又评荆公"细数落花因坐久，缓寻芳草得归迟"中的"细数落花""缓寻芳草"用语轻清，而"因坐久""得归迟"则用语典重。"以轻清配典重，所以不堕唐末人句法中。盖唐末人诗轻佻耳。"这种平衡感，就是宋诗讲究的浑厚之感。王荆公晚年诗歌虽近似晚唐，但是其中格韵与晚唐人不可同日而语。老杜也是如此："老杜句语稳顺而奇特，至唐末人，虽稳顺，而奇特处甚少，盖有衰陋之气。今人才平稳，则多压塌矣。"他最后总结的写诗法度就是：

　　学诗当以杜为体，以苏、黄为用，拂拭之则自然波峻，读之铿锵。

　　凡文章先华丽而后平淡，如四时之序，方春则华丽，夏则茂实，秋冬则收敛，若外枯中膏者是也，盖华丽茂实已在其中矣。

青木正儿认为："《后山诗话》以后，至南宋初期的诗话，现着两种显著的倾向：一为元祐绍述二党的政争的反映，一为杜甫诗的流行。……苏轼一派重诗的气格，王安石一派重修辞。"① 重道，还是重艺，两者的离合一直贯穿着南宋诗学思潮的发展。随着理学诗派的壮大和江湖诗派的流行，重道的一方逐步占据了主流地位。

第二节　格韵说的继承与分化

重创作，某种意义上就使得对精神格力的注意有所减轻。因此，苏轼那里作为整体的"格韵"以及黄庭坚、范温那种内含气格的"韵"在南宋又分化为具有不同内涵的"格"与"韵"，陈善《扪虱新话》里有一条珍贵的材料，真切地为我们展示了这种变化的出现：

> 予每论诗，以陶渊明、韩、杜诸公皆为韵胜。一日，见林倅于径山，夜话及此，林倅曰："诗有韵有格，故自不同。如渊明诗，是其格高；谢灵运'池塘春草'之句，乃其韵胜也。格高似梅花，韵胜似海棠花。"予时听之，矍然若有所悟，自此读诗顿进，便觉两眼如月，尽见古人旨趣。然恐前辈或有所未闻。

① 青木正儿. 中国文学发凡 [M]. 郭虚中，译. 太原：山西人民出版社，2015：181.

看得出，陈善一开始是继承了黄庭坚的诗学思想，将"韵"这一黄庭坚诗学思想的中心命题作为诗歌批评的标准，并将陶渊明、韩愈、杜甫作为"韵胜"的典范。他说："文章以气韵为主，气韵不足，虽有辞藻，要非佳作也。乍读渊明诗，颇似枯淡，久久有味，东坡晚年好之，谓李杜不及也。此无他，韵胜而已。韩退之诗，世谓押韵之文，然自有一种风韵。……达此理者，始可论文。"这完全是黄庭坚的说法。但是，当陈善听到林倅的意见后，他的学习得来的东西动摇了。向什么动摇了呢？向诗艺动摇了，妥协了，而向"韵"中之"道"乖离了。他所要的，只是创作上的成功，所以想学习的也是具体的创作指导，所以林倅给他说这番话的时候他才会喜出望外。

林倅的话里蕴藏着很多重要的信息。首先，将谢灵运的地位提高到与陶渊明并驾齐驱的位置上，就是一种诗学崇尚发生变化的征兆。我们知道，唐人推崇谢灵运，而宋人则推崇陶渊明，北宋时很少有人会想到把谢灵运的诗学价值提高到这样的高度上。黄庭坚《山谷题跋》卷七："谢康乐、庾义城之于诗，炉锤之功不遗力也。然陶彭泽之墙数仞，谢、庾未能窥者，何哉？盖二子有意于俗人赞毁其工拙，渊明直寄焉耳。"在黄庭坚看来，谢灵运就像是晚唐诗人一样，太在意诗名而忽视了自然纯真的人生志趣，所以只能有好句而无高的境界。严羽也对此持同样的意见：

汉魏古诗气象混沌，难以句摘，晋以还方有佳句，如渊明"采菊东篱下，悠然见南山"、谢灵运"池塘生春草"之类。谢所以不及陶者，康乐之诗精工，渊明之诗质而自然耳。（《沧浪

诗话·诗评》)

谢灵运作诗，缺点与优点一样明显，就是有好句而无好诗，根本原因在于情与理难以合一，遑论与物、道的融合。陶渊明恰恰就是解决了言、意、象、道的关系，一出于本性，融合了儒家的养性、道家的任性、释家的忘性，使作品能给人以无限的回味。以生命意识作为底蕴的唐诗学，则认为没有必要将道与诗融合起来——他们在诗中说的道往往是具体的教化意图，不是唐诗学的主导因素。林僯们抬高谢灵运的地位，实际是把写作技巧的地位提高了。

其次，因为这个原因，格韵就要分开来说，意义也要发生变化；此时的格有时是气格之格，有时是体格之格；而韵的含义也是宋诗学强调的气韵与晚唐派标榜的韵味两种含义并存。这样，诗论中出现了向唐人诗格理论回归的趋向（当然不可能完全回归），格与韵的分工也说明了论者的注意力又开始投向对体貌、技法的欣赏了。

当然，这种转变是需要一个过程的。这个过程的开端就是张戒的《岁寒堂诗话》。张戒在诗话中提出了评价诗歌的四个标准，即意、味、韵、气：

> 阮嗣宗诗，专以意胜；陶渊明诗，专以味胜；曹子建诗，专以韵胜；杜子美诗，专以气胜。然意可学也，味亦可学也，若夫韵有高下，气有强弱，则不可强矣。此韩退之之文，曹子建、杜子美之诗，后世所以莫能及也。
>
> 陶渊明之诗，妙在有味耳，而子建诗，微婉之情、洒落之韵、抑扬顿挫之气，固不可以优劣论也。古今诗人推陈王及

《古诗》第一，此乃不易之论。

通观这些话，我们可以理解他说的意就是命意，味就是涵泳之味，也就是道味；韵就是气韵，气就是气格。与苏黄观点不同的是，他认为气韵是先天形成的东西，学习不来，而苏黄恰恰认为是积学而成的。所以，尽管在术语的使用上还采用同样的意思，但一些相关的理论内容已有所改变了。我们知道，苏黄认为韵胜的典型是陶渊明，而非曹植，陶渊明代表的是一种"静穆的伟大"，而曹植代表的是一种律动的诗美。张戒解释说：

> 韵有不可及者，曹子建是也。味有不可及者，渊明是也。……文章古今迥然不同，钟嵘《诗品》以古诗第一，子建次之，此论诚然。观子建"明月照高楼""高台多悲风""南国有佳人""惊风飘白日""谒帝承明庐"等篇，铿锵音节，抑扬韵度，温润清和，金声而玉振之，辞不迫切，而意已独至，与三百五篇异世同律，此所以韵不可及也。

韵之"洒落"在于诗歌的音调、立意、遣词等技巧层面的东西，当然不可否认这里有立意高古的因素，但与苏黄相比显然是更注重声律辞采这些唐人最重视的东西。张戒在评价杜甫《江头五咏》时，认为："物类虽同，格韵不等。同是花也，而梅花与桃李异观；同是鸟也，而鹰隼与燕雀殊科。咏物者要当得其格致韵味，下得其形似，各相称耳。杜子美多大言，然咏丁香……花鸭，字字实录而已，盖此意也。"联系到上面林倅的那番话，"格韵不等"就是有格高有韵胜：梅花、鹰隼代表格力；桃李、燕雀代表韵味。可见这种认识是有一定普遍性的。

张戒把苏黄那里内化到韵中的气格分离出来，使得韵度与气格（格力）再次回到了宋代中期以前那种若即若离的状态，如他评价刘禹锡的诗说："随州诗，韵度不能如韦苏州之高简，意味不能如王摩诘、孟浩然之胜绝，然其笔力豪赡，气格老成，则皆过之。"其"韵度"还是六朝风韵的意思，比苏黄之韵少了许多精神内涵。黄庭坚以后，诗家普遍都有这种用法。陈善记惠洪曾诈学山谷作《赠惠洪》云："韵胜不减秦少规，气爽绝类徐师川。不肯低头拾卿相，又能落笔生云烟。"（《扪虱新话》）刘弇评李翱之文"有古气而所乏者韵味"（《上曾子固先生书》），又作《赠钱承务咏翁》说钱"何事新霜上鬓毛，从前都为作诗劳。老松经岁材力劲，古桧吟风韵更高。"（《龙云集》卷八）都是如此。黄彻《碧溪诗话》卷八："书史蓄胸中，而气味入于冠裾；山川历目前，而英灵助于文字。太史公南游北涉，信非徒然。观杜老《壮游》云：……其豪气逸韵，可以想见。"到了张表臣那里，就上升为一种普遍的创作原则：

> 诗以意为主，又须篇中炼句，句中炼字，乃得工耳。以气韵清高深眇者绝，以格力雅健雄豪者胜。元轻白俗，郊寒岛瘦，皆其病也。（《珊瑚钩诗话》）

他明确地指出宋诗"以意为主"的特质，并指出欲使诗歌得以精工，需炼字、炼句，在立意（以见气韵）、句法（以见格力）上下功夫，避免气格卑俗的毛病。这完全是黄庭坚、范温创作理论的翻版。不过，在黄庭坚那里，气韵与格力不是一种平行的关系，而是一种垂直的关系，张表臣以工为目标，而黄庭坚是以韵胜为目标的。

不管如何，张表臣的这些论述是苏黄格韵说在南宋继续传承的证明。为了证明这一点，我们还可以举出更细致的一个例子，是陈岩肖关于鹤诗的论述：

> 众禽中，唯鹤标致高逸，其次鹭亦闲野不俗，又皆尝见于《六经》，如"鸣鹤在阴，其子和之""鹤鸣于九皋，声闻于天""振鹭于飞，于彼西雝"。《易》与《诗》取之矣，后之人形于赋咏者不少，而规规然祇及羽毛飞鸣之间。如《咏鹤》云："低头乍恐丹砂落，晒翅常疑白雪销。"此白乐天诗。"丹顶西施颊，霜毛四皓须。"此杜牧之诗。此皆格卑无远韵也。至于鲍明远《鹤赋》云"长唳风宵，寂立霜晓"，刘禹锡云"徐引竹间步，远含云外情"，此乃奇语也。如《咏鹭》云："拂日疑星落，凌风似雪飞。"此李文饶诗。"立当青草人先见，行近白莲鱼未知。"此雍陶诗。亦格卑无远韵也。至于杜牧之《晚晴赋》云："忽八九之红芰，如妇如女，堕蕊蘸颜，似见放弃。白鹭潜来，邀风标之公子，窥此美人兮，如慕悦其容媚。"虽语近于纤艳，然亦善比兴者。至于许浑云："云汉知心远，林塘觉思孤。"僧惠崇云："曝翎沙日暖，引步岛风清。照水千寻迥，栖烟一点明。"此乃奇语也。（《庚溪诗话》）

陈岩肖把格韵分为气格和风韵两部分，也是有些倒退的倾向。

但他和张表臣一样，意识到这两个概念的关联性，有意识地把它们放在一起，用来表达精神层面的诗学意义，也不算是对苏黄的曲解。他诗学思想以黄庭坚为中心，也是宋诗学一个比较典型的代表，限于篇幅，我们不做过多的论述。这里仅仅以他的这段话对格、韵分而不离的情况做一下个案分析而已。

在这段话里，他首先指出鹤和鹭两种事物是不俗之物，等于是先为下面的作品作了命意；然后再在这不俗的命意之下探讨对共同命意的不同表现结果。表现的结果，有的是"格卑而无远韵"的劣质品，有的是成功的"奇语"。之所以如此，是因为有的作者无甚发明，就事论事，"规规然祇及羽毛飞鸣之间"。如白乐天"低头乍恐丹砂落，晒翅常疑白雪销"，杜牧之"丹顶西施颊，霜毛四皓须"，"此皆格卑无远韵也"。而鲍明远《鹤赋》云"长唳风宵，寂立霜晓"，刘禹锡云"徐引竹间步，远含云外情"，写出了鹤的精神气度，同时给人以形象和意念的审美，其内涵扩大了许多，所以是"奇语"。陈岩肖说，作诗要"善比兴"，也就是要立意高妙，此为格高；然后增加词语的张力，举一反三，使作品有回味不尽的效果，此为有远韵。所以立意关系到诗歌的精神品格，而表达诗意的能动程度则左右着诗歌的优劣。这不正是苏黄等人反复申明的吗？

就像上面说的一样，格与韵那种宋代初期的分工——以格来承载精神意义，以韵来显示审美意义的现象重新出现在南宋的诗学思想中。但是，由于苏黄的巨大影响，他们的诗学理想和理论已经为很多人所接受，韵所具有的精神内涵特别是人格内涵并不会从人们的认识里消失，所以出现了这种分工之后又难以分离的状况。

值得注意的是，北宋后期出现了把体格与韵味作为诗歌批评之切入点的现象，可以算作新的格韵说，只是格韵两字之间应该加个顿号。这种说法与我们前面说的格韵说已经相差甚远了。我们这里将之做一些介绍，为的是在比较中使宋诗学的格韵说与非宋诗学的格、韵诸说区分得更清楚一些。我们在上面引了张表臣关于格卑的标准问题的讨论，他用了白居易作了反面的典型。巧的是，张戒也有一段评价白居易的话，也说白傅"格卑"，但意义完全不同：

> 世言白少傅诗格卑，虽诚有之，然亦不可不察也。元、白、张籍诗，皆自陶阮中出，专以道得人心中事为工，本不应格卑，但其词伤于太烦，其意伤于太尽，遂成冗长卑陋尔。比之吴融韩偓俳优之词，号为格卑，则有间矣。若收敛其词，而少加合蓄，其意味岂复可及也。

原来张戒认为白居易的卑陋不在立意，而在表达的功夫，也就是黄庭坚说的锻炼语句的问题，这与张表臣完全是相反的。如果以语句工整或含蓄与否来定诗歌格之高下的话，那么我们就可以说这种格是一种关于形式的概念，不是一种关于精神意度的概念。这里的格已经回到了唐代"诗格"里说的"格"了。

由于这种用法，诗歌理论出现了向唐代诗格的回流，并将诗格理论加进了宋代诗歌理论的特色。这种现象的典型代表就是姜夔的《白石道人诗说》。《诗说》说："意出于格，先得格也。格出于意，先得意也。吟咏性情，如印印泥，止乎礼义，贵涵养也。"比较一下唐代王昌龄《诗格》里的"凡作诗之体，意是格，声是律，意高则格高……"（见本书第一章），我们看到姜夔说的格与意都是相对独立的概念，而唐人那里的诗格是由诗意所决定的诗歌体貌。尽管在字面意思上都是一样的，但其内涵已经在长期的宋诗创作背景下发生了很大变化。这种变化可以从提倡"立格"的陈师道那里看出来。张表臣《珊瑚钩诗话》载：

> 陈无己先生语余曰："今人爱杜甫诗，一句之内，至窃取数字以髣像之，非善学者。学诗之要，在乎立格命意用字而已。"余曰："如何等是？"曰："《冬日谒玄元皇帝庙》诗，叙述功德，反复外意，事核而理长；《阆中歌》，辞致峭丽，语脉新奇，句清而体好，兹非立格之妙乎？《江汉》诗，言乾坤之大，腐儒无所寄其身；《缚鸡行》言鸡虫得失，不如两忘而寓于道，兹非命意之深乎？《赠蔡希鲁》诗云'身轻一鸟过'，力在一'过'字；《徐步》诗云'蕊粉上蜂须'，功在一'上'字，兹非用字之精乎？学者体其格，高其意，炼其字，则自然有合矣，何必规规然髣像之乎！"

从这里可以看出，立格实际就是黄庭坚所说句法的内容，包括了琢句、布置、血脉等诗歌结构方面，也就是体格的问题。上一章中范温也有相似的说法，只不过是用语的不同，范温的"本末"就相当于陈师道的"立格"。陈师道在《后山诗话》中引用黄庭坚的话说王荆公晚年诗"格高而体下"，就是指王安石诗锻炼精工而体制不伦，有如谢灵运一样的过于奇巧。

在上面一段话中，格、意独立而又互渗的关系得以完全地体现。应该注意到，陈师道说的"格高"不仅是诗歌内在结构的东西，也包括这些结构安排所达到的效果，即"自然有合"于古，高妙有韵。姜夔之所以认为诗歌既可以先从立格开始，也可以从命意开始，就是因为他所认为的格和意都具有性情的内涵，否则他不会建议人们去搭一个空架子，这是追求"无法之法"和"学至于无学"的他无法容忍的。他说"文以文为工，不以文而妙"，也就是苏轼他们说的从句法中窥气韵的意思。但话说回来，他们说的格首先是体格之格，不能因为中间含有的气韵就否定它的形式特征。单纯以格韵为目的的创作时代已经过去了。

第三节　理学诗派与格韵说的哲学化

格韵说肇自理学家邵雍，巧的是，宋代影响几百年的理学诗派奠基者也是邵雍。他对理学和诗学的双重贡献，使得宋代诗学史产生了不同于别的朝代的走向。在邵雍之后，宋代诗坛出现了半山体、东坡体、山谷体、诚斋体等不同诗风，各领一时风骚，但是理学诗派则一直发展延续到宋元之交。《四库全书总目提要·濂洛风雅》说宋诗分为"道学之诗"和"诗人之诗"，这是宋代诗歌史独有的现象。理学诗派的创作观念对于后江西诗派的诗坛，有着持续的影响。比如，诚斋体之名，就是来自洛学。而杨万里，也是朱熹直接的举荐者。《宋史》卷四百三十三儒林传（杨万里）云："王淮为相，一日问曰：'宰相先务者何事？'曰：'人才。'又问：'孰为才？'即疏朱熹、袁枢以下六十人以献，淮次第擢用之。"

（中华书局本）南宋诗坛的作家，基本都与理学有比较密切的关系。

　　理学诗派在南宋有着新的发展过程。与北宋五子的百花齐放不同，南宋理学诗派作者中，属于洛学的门徒占了很大比例。邵雍的百源学派随着邵雍儿子入蜀，基本在蜀地发展；关学在张载去世后，其骨干弟子吕大钧兄弟投奔洛学，与洛学合流，关学后人在清代才成为显学；而洛学出于濂学，程氏兄弟、苏轼、黄庭坚都算是周敦颐的学生，所以后来濂洛并称。南宋新起的叶水心、陆九渊两大学派在与洛学的竞争中也一直没有胜出，直到明代中后期才得到出头之日。理学诗派的创作人数，仅仅是洛学一派，就有几十人之多，创作数量较大的如朱熹、张栻、黄干、陈淳、何基、王柏、金履祥等人，其诗歌水平具有相当高度。而且有意思的是，他们的诗歌创作也与其创作思想保持高度的统一。邵雍学派的后人如张九成、李心传等也都取得了很大的诗歌成就。在他们的创作思想中，我们看到了邵雍格韵说的继续发展。

　　如前所述，北宋五子竞辉的时代，邵雍的思想在周敦颐、二程思想中有很多相通之处。邵雍提出"以物观物"的情怀，而周、程也在生活中实践着这种境界。石明庆在其《理学文化与南宋诗学》中引用的两条材料很可以说明这一问题：

　　　　周茂叔窗前草不除去，问之，云：与自家意思一般。（《二程集·遗书卷三》，中华书局本）

　　　　程明道书窗前有茂草覆物，或劝之芟，曰：不可，欲常见造物生意。又置盆池，畜小鱼数尾，时时观之，或问其故，

曰：欲观万物自得意。（于恕《横浦心传录》，石文为张九成
作，非）

　　周、程的观物之乐，霁月情怀，也同于邵子的尧舜气象。而邵
子平夷和畅的诗风，也在南宋诗坛越来越广泛。吕肖奂在其《宋
诗体派论》中就专门研究了南宋诗坛这种通俗化和平民化的倾
向①。实际上，除了通俗化和平民化，诗歌的哲理化倾向也从邵子
以后一直存在，不但衍生出宋诗特有的理趣诗歌，也造就了诚斋
体、石湖体等诗歌风格的形成。而这些，都与诗学思想的理学化
息息相关。

　　比如，巩本栋老师通过自己的研究，发现辛弃疾的诗歌创作就
取法于康节体，他受到邵雍观物识理、吟咏情性的诗学观念影响，
"使得他的诗歌创作与邵雍一样，走了一条不复以文字为长，意所欲
言，自抒胸臆，原脱然于诗法之外的道路，使他在诗歌创作中并没
有像词的创作那样，倾注出其对恢复，对国家和民族的前途与命运
的极大的热情，而是成了他体悟人生哲理，抒发世事感慨，自道其
进退求适的心态和性情的主要窗口和手段。"②

　　理学家虽然对诗歌不太重视，甚至讨厌文学，但是他们都情不
自禁地写了很多诗歌。如邵子老说自己"尧夫非是爱吟诗"，却写了

---

①　吕肖奂 . 宋诗体派论［M］. 成都：四川民族出版社，2002.

②　巩本栋 . 作诗犹爱邵尧夫—论辛弃疾的诗歌创作［J］. 南京大学学报（哲社
版），1999（1）.

一千多首诗。程子、张子及后代的杨时、张九成等皆然。① 朱子自己的诗歌创作量也很大，他有1100首诗存世，而且诗歌内容的多样性比邵子要更明显。

虽然他们把诗歌认为是"闲言语"，但是反过来讲，诗歌既是大千世界的一种存在，它也是道的一种存在形式。朱熹说："太极只是个极好至善底道理。人人有一太极，物物有一太极。周子所谓太极，是天地人物万善至好底表德。"（《朱子语类》卷九十四）他的这种认识，其实欧阳修、苏轼等前辈诗人都有类似的言论。欧阳修《易童子问》曰："君子于人则通其志，于物则类其族，使各得其同也。"② 苏轼在《跋君谟飞白》里说："物一理也，通其意，则无适不可。"（《苏轼文集》卷六十九）因为万物一理，所以书法、为人、诗歌、音乐、史笔都是道的一种存在方式。因此，张高评先生认为：

> 就宋诗之创作思维而言，自然受到文化思维之制约；文学、诗学、哲学、艺术各类科间，不但承受宋文化"理一"之熏陶，而且对宋文化比如有所反馈与体现。宋诗与唐诗之不同，宋调与唐音之差异，要在学人之诗与诗人之诗的分野上。而所谓"学人之诗"之宋诗或宋调，无论"以才学为诗"，或"以议论

---

① 根据统计，现存北宋五子的诗歌周敦颐有29首（《周濂溪集》卷八），邵雍1583首（《伊川击壤集》），张载16首（《张载集 * 文集佚存》），程颢67首《河南程氏文集》卷三，程颐3首同上卷八。见傅璇琮《中国古代文学通论》宋代卷，人民出版社，2010：339.
② 欧阳修. 欧阳修全集（卷一）[M]. 北京：中国书店，1986.

为诗"，要皆出于格物穷理。①

比较一下就可以发现，很明显，尽管宋代名家各人诗歌风格不同，可是其思想基底是一致的。朱熹所言的理之特征，跟黄庭坚、范温所言的"韵"一样，都是合而为一理，散之为各种人生形式。他解释周子《通书》时说：

> 既有理，便有气；既有气，则理又在乎气之中。周子谓："五殊二实，二本则一。一实万分，万一各正，大小有定。"自下推而上去，五行只是二气，二气又只是一理。自上推而下来，只是此一个理，万物分之以为体，万物之中又各具一理。（《朱子语类》卷九十四，四库全书本）

所谓"鸢飞鱼跃，皆理之流行发见处"，这正是宋代诗人通达内外，不拘一格的共同认识。

这种共识，具体体现在对陶渊明的崇仰。石明庆认为，"理学家不仅以理学的眼光发现了他的忠贞气节、不事二姓，乃至比为山中诸葛，更将其以老庄玄学理论指导下的人生态度转换成理学家的内圣情趣和志向，此道就变成了理学家的道，境界。"在这样的认识之下，真德秀、魏了翁等人都将陶渊明与邵雍相提并论，暗含着由崇陶向崇邵的过渡。②"过渡"之说是否成立且不论，北宋以来不同学派对陶渊明的共同崇敬确实说明了这个问题。从苏轼到朱熹，从王

---

① 张高评. 宋诗特色研究 [M]. 长春：长春出版社，2002：22.
② 石明庆. 理学文化与南宋诗学 [M]. 北京：中国社会科学出版社，2006：367.

安石到严羽，他们对陶渊明的崇敬理由虽不尽相同，但是对于他的冲淡合道的认识是一样的。真德秀甚至直接把陶渊明的诗歌成就归结于其思想的积极精神：

> 以余观之，渊明之学，正自经术中来，故形之于诗，有不可掩。《荣木》之忧，逝川之叹也；《贫士》之咏，箪瓢之乐也。《饮酒》末章有曰："羲农去我久，举世少复真。汲汲鲁中叟，弥缝使其淳。"渊明之智及此，是岂玄虚之士所可望耶？虽其遗宠辱，一得丧，其有旷达之风，细玩其词，时亦悲凉感慨，非无意世事者，或者徒知义熙以后不著年号，为耻事二姓之验，而不知其眷眷王室，盖有乃祖长沙公之心，独以力不得为，故肥遁以自绝，食薇饮水之言，衔木填海之喻，至深痛切，顾读者弗之察耳。渊明之志若是，又岂毁彝伦、外名教者可同日语乎！（《跋黄瀛甫拟陶诗》）

这即是朱熹评价陶渊明"自是豪放，但豪放的不觉尔"的具体解释，也是魏了翁评价邵雍为"风流人豪"的相同出发点。如林逋所言，他们只是一介隐士，为何与功臣义士一样具有高扬的名节？因为他们最懂出处之间，是智者，是孔子都自觉不如的宁武子一般人物（《省心录》，四库全书本）。

"格韵"中自身带有的"意"在这里被换成了"理"。朱熹说：

> 今人学文者，何曾作得一篇！枉费了许多气力。大意主乎学问以明理，则自然发为好文章。诗亦然。（《语类》卷一百三

十九)

　　欧公文章及三苏文好，说只是平易说道理，初不曾使差异底字换却那寻常底字。（同上）

　　今人所以事事做得不好者，缘不识之故。只如个诗，举世之人尽命去奔去声。做，只是无一个人做得成诗。他是不识，好底将做不好底，不好底将做好底。这个只是心里闹，不虚静之故。不虚不静故不明，不明故不识。若虚静而明，便识好物事。虽百工技艺做得精者，也是他心虚理明，所以做得来精。心里闹，如何见得！（同上）

　　无论是作文还是写诗，只要明理，写出来的就会是好作品，那些只会换几个字眼让文章华丽的人，本身就不具备写好文章的能力。他以这个标准评价梅尧臣的诗歌，得出了与欧阳修完全相反的意见："圣俞诗不好底多。如河豚诗，当时诸公说道恁地好，据某看来，只似个上门骂人底诗；只似脱了衣裳，上人门骂人父一般，初无深远底意思。"（同上卷）朱熹跟欧、梅一样讲求诗歌的平淡，但是如果这平淡之中没有他认为的豪放（节义），那就是没有理的内核，就没有什么价值。

　　浙东学派一直为朱熹所反对，然而陈亮诗学思想中的作诗重理这一点，竟然跟朱熹完全一致。他总结黄庭坚的诗歌理论，也认为黄的思想在于语简理胜：

　　大凡论不必作好语言，意与理胜则文字自然超众。故大手之文，不为诡异之体而自然宏富，不为险怪之辞而自典丽，奇寓于纯粹之中，巧藏于和易之内。不善学文者，不求高于理与意，而务求于文彩辞句之间，则亦陋矣。故杜牧之云："意全胜者，辞愈朴而文愈高；意不胜者，辞愈华而文愈鄙。"昔黄山谷云："好作奇语，自是文章一病；但当以理为主。"理得而辞顺，文章自然出群拔萃。①

所以朱熹也跟陈亮一样，要求写诗必须有益（虽然有益的对象不太一样）才写，他自己的创作如著名的《观书有感二首》《劝学》等诗，都以人生理想激励他人。吕本中《童蒙诗训》尽管诗味欠佳，但是一样有补于世，以理悦人。李耆卿《文章精义》认为："晦庵诗，音节从陶、韦、柳中来，而理趣过之，所以不可及。"他把朱熹的诗歌同陶渊明相提并论："《选》诗惟陶渊明，唐文惟韩退之，自理趣中流出，故浑然天成，无斧凿痕，余子止炼句煅字，镂刻工巧而已。"（四库全书本）

而在朱熹后人的论述中，"理"则直接变成了伦理之理，具体的行为要求变成了具体的思想要求、道德要求。在他们看来，真正的"不俗"不是出世而是入世，真正的"敷腴"不是文采而是仁义之道。真德秀《文章正宗》《续文章正宗》以及金履祥《濂洛风雅》是其中的代表。真德秀《文章正宗·纲目》云："夫士之于学，所以穷理而致用也。文虽学之一事，要亦不外乎此。故今所辑，以明义理，切世用为主。其体本乎古，其指（旨）近乎经者，然后取焉。否则，辞虽工亦不录。"（四库全书本）并且其在《文

---

① 陈亮. 陈亮集（增订本）卷二十五［M］. 北京：中华书局，1987：287.

章正宗·纲目》"诗赋"类条中更对选诗的原则进行了详细的
阐述：

> 或曰：此编以明义理为主，后世之诗，其有之乎？曰：三
> 百五篇之诗，其正言义理者盖无几，而讽咏之间悠然得其性情
> 之正，即所谓义理也。后世之作，虽未可同日而语，然其间兴
> 寄高远，读之所以忘宠辱，去鄙吝，悠然有自得之趣，而于君
> 亲臣子大义，亦时有发焉。其为性情心术之助，反有过于他文
> 者。盖不必专言性命而后为关于义理也。（同上）

《文章正宗》所选以古文为主，但是真德秀在卷二十二特地选了
大量的陶渊明诗，如《停云》《咏山海经》之类，数量多达46首，
这很能说明他对陶渊明的推崇与对朱熹的推崇相一致了。四库馆臣
论此书时引刘克庄《后村诗话》说：

> 《文章正宗》初萌芽，以诗歌一门属予编类，且约以世教民
> 彝为主。如仙释、闺情、宫怨之类，皆弗取。余取汉武帝《秋
> 风辞》。西山曰："文中子亦以此辞为悔心之萌，岂其然乎？"
> 意不欲收，其严如此。然所谓"怀佳人兮不能忘"，盖指公卿扈
> 从者，似非为后宫而设。凡余所取，而西山去之者大半，又增
> 入陶诗甚多。如三谢之类多不收，详其词意，又若有所不满于
> 德秀者。盖道学之儒，与文章之士各明一义，固不可得而强同
> 也。（《四库提要》）

汉武帝《秋风辞》云:"秋风起兮白云飞,草木黄落兮雁南归。兰有秀兮菊有芳,怀佳人兮不能忘。泛楼船兮济汾河,横中流兮扬素波。箫鼓鸣兮发棹歌,欢乐极兮哀情多。少壮几时兮奈老何!"就因为汉武帝在诗中流露出苍凉之感,真德秀就觉得不够积极,所以拒绝选入,可见道学家多么重视人的进取精神,不容许一点点的消极情感的出现。他们与诗人的选择标准差异如此之大,刘克庄也不得不觉得无可奈何。真德秀所选陶渊明之诗,多有古义士之风,大多不是他的田园诗,而是咏古诗或者述怀诗,都符合其仁义之道的标准。

金履祥编《濂洛风雅》也是选择那些"可以正人心,可以敦风俗,可以考古论世者"。(唐瑞良《濂洛风雅》序)他的观点不仅继承了邵雍、周敦颐和"二程"的思想,也在选择作品上标准严苛如真西山一样,其他流派的思想家诗作一概不录,免得坏了诗歌的"道统"。甚至朱熹的作品选择,也更多是为了"以风雅存濂洛,以濂洛广教学"。(王崇炳序)朱熹诗作有一千多首,金履祥选进了78首,多是传达道之义理者,而其纪游诗多不选入。王崇炳序曰:

> 夫诗有三体,曰赋,曰比,曰兴,一句之中,皆具宾主。窃尝偶举文公之诗,咏而玩之,如云:昨夜江边春水生,比也;为有湖头活水来,亦比也;皆宾也。吾心中有生生不息之春水,活活而来之源泉,则宾中主也。而生有由生,来有由来,则主中主也,能于宾中见主,于主中见主中主,则万理一本,万派同源,可于风雅中见濂洛,且可于自心中见周、程,而且使凡

有心者之皆可为周、程也，此仁山先生以风雅垂教意也。

　　王崇炳认为，主体之理无处不在，春江、湖水等客体都是主体的不同显现，所以，有此心，有此性，不言理而理自在。这实际上已经跟欧阳修、苏轼等人的认识是一致了。尽管没有正面写性理如何，但是其中自有风雅垂教之意。真德秀在《文章正宗纲目》中也认为："三百五篇之诗，其正言义理者盖无几，而讽咏之间，悠然得其性情之正，即所谓义理也。后世之作未可同日而语。"至于《论语》、六经，更是有霁月之辉，如范温《潜溪诗眼》所言，皆不待人言而自然有韵。中国哲理诗的发达，正是由于宋人的内在的豪放，广阔的胸襟而得以实现。

格韵说对宋诗学的意义

诗有正变。宋代以前，中国诗学已经产生了主于比兴的先秦诗学——可以称之为周诗学，和主于兴象的唐诗学这两种诗学范式。前者是被所有人承认的诗学的正体；而后者则是前者"变"以"通"而后又取得了"正"的地位。也就是说，"正"与"变"是一对动态的概念，它们在不同的时代有着不同的文学地位与价值。在它们的这种动态发展的过程中，实际上是一个个新的诗学范式的不断形成的过程。

自宋诗取得自己独立的诗学地位以后，同样面临着一个相对于唐诗的地位问题。周诗与唐诗的正变问题表现为言志与缘情所体现出的艺术思维方式的变化，即是浑朴的还是艺术的。比兴与兴象是其不同理念在艺术手法上的显现。而宋诗立足于上述两大诗学范式的影响之下，学习了唐诗学的个体精神而又结合了周诗学的淳朴意味和政教内涵，形成了自己新的基于人格精神的，立足个体而体现道味的诗学范式。周人主志，唐人主情，宋人主意。宋诗学是前二者的综合、融会与升华，这种发展形态有些辩证否定的意味。因此，宋诗吸收前人诗歌的营养时侧重精神而又不废技法的做法就可以理解了。宋诗学的基底因而就不再是诗学的一个方面，而是贯穿了诗学总体因素的道。古诗学的比兴其实也是从道中出来，但那个道只是道的一种形态——治道，宋诗学的道则更有本原之道的意思。所以，除非中国诗学的价值系统、理论系统出现突破，宋诗学在逻辑上应该是中国诗学最后一个完整意义上的范式，它已将诗学应有的因素都融合在一起了。

所谓的"唐宋诗之争"当然就是两种不同诗学范式的斗争。说斗争是沿袭了古往今来前辈的说法。笔者认为，这种范式之间最多可以说是分立，并没有东风压倒西风的逻辑依据，后来那种不同宗尚的出现当是人为而非诗学的自然发展。这两种诗学范式后来也被归结为正体与变体的问题，这种论述虽在诗歌的个体原则、道德原则上行得通，却没看到宋诗学的超越性，不能把两者关系当作一种当然的诗体流变现象。再说，宋诗学被定位为变体，是否暗示着有成为正体的那一天？但宋诗的范式实在是变无可变，因其已经早处在传统理论的逻辑顶点之上，不可能再开出新的理论实体了。

当然这不妨碍我们对唐诗学、宋诗学进行比较。这种比较可以在创作的层面进行，同周诗学抛弃个体原则（从而也抛弃了诗歌本身）的做法不同，唐、宋诗学皆从个体创作原则立论，这是社会、文艺发展的必然，无须详述。由于这两种诗学范式都立足在诗歌本质问题之上，我们的比较就有了切实的基础。

古人对诗人的分类，往往从道德上着眼。这是由人们的诗歌雅正观分不开的。古人说的"诗人"，甚至往往就是指《诗经》的作者。《诗经》也往往就是雅正、教化的同义词。你或者是"诗人""作者"，或者是"词人"，古代作家往往会以此互相攻击。就现代意义的诗学讨论来说，完全就诗艺本身进行讨论，是从唐代开始的。（如果说一般创作原则的话，那就是《典论》《文赋》等出现的时代了。）唐人确立了以"格"作为诗歌批评的标准，格高格下的区分，说明唐人论诗以诗歌体貌的本身代替了道德评判的原则。虽然在晚唐一度出现了单纯以道德原则评论诗歌的现象，但在宋代，则又将道的理念结合在诗艺之中，升华了道德评判的原则。同时，在技法上吸收唐代、六朝人的优秀之处，确立了道艺相辅的诗学范式，提出了格韵这一以艺体道，彰显格力的理想。是否是"诗人"或"作者"，就不仅要从道的原则上着眼，也要从艺术成就上着眼，这样达到精神、艺术皆不偏废的境地。

　　唐宋两种诗学范式的差别，有人认为是灵感派与技巧派的差别。缪钺先生认为：唐诗主于情韵，宋诗主于气骨。而在创作状态上，主于情韵意味着作诗不离兴象，一开始有一个"发兴"（起兴）的过程（王昌龄《诗格》），也就是说，需要寻找灵感，等待灵感的到来。此种灵感使诗意得以明晰，而诗意的传达、升发则依赖于具有生命意味的物象。诉诸人的感觉，往往是比较直接的感官接受。主于气骨则意味着有了一个可以依托的创作前提，创作行为则会具有了一种演绎的味道，无论是内敛还是外现，气骨需要一种更人为的方式显示出来。这样，对具体感官的依赖不那么紧密，甚至可以一点不需要感官的参与（例如黄庭坚的《跋子瞻和陶》诗）。唐诗在意的是丰腴的审美感受，而宋诗在意的是敷腴的道味。

　　古希腊哲学家柏拉图认为，应该区分出两种诗人：第一种是凭灵感进行创作的诗人。"凡是高明的诗人，无论在史诗还是在抒情诗方面，都不是凭技艺来作成他们的优美的诗歌，而是因为他们得到灵感，有神力凭附着。"这类诗人在理想国的灵魂等级序列中，排在第一位，属于"爱智慧者，爱美者，诗神和爱神的顶礼者。"荷马就是属于这类诗人；第二种诗人是凭技艺写诗的，这些人是模仿者，他们的技艺可以从专门的知识中学会。这类"诗人和其他模仿艺术家"，在理想国的灵魂等级序列中，排在第六位，居于医卜星相者之下①。尽管他评说的作品大多是叙事性较强的诗歌，跟我们的论述对象有一定距离，但仍然反映了西方古代诗学"自发灵感与服从规则之诗功的二元论思想"②。直到现代，人们仍在沿用"灵感型"与"技艺型"的标准，对艺术家进行分类。

不过，灵感与技巧的矛盾，在中国由于加进了道德因素的考虑，成为自然与人工，也即朴素与造作的二元论。这在六朝时已经成为文论家关注的对象。为艺术而艺术，在中国往往不会被多数人认同，这也就是有"诗人"与"词人"之分的原因。所以，如果像一些学者所说的那样，唐宋诗学的区分是基于这样一种分别的话，那等于是说宋人自甘居于唐人之下，这显然是不符合实际情况的。宋人讲究锻炼，但也反对晚唐一类的"词人"，要求自己像古代的"诗人"；但他们认为以灵感兴会达到的自然也可以用技巧来达到，得意忘言是见道，得意言尽也能见道，所谓的"简易而大巧出焉，平淡而山高水深"，两种创作方式在体道的"自然"上达成了一致。所以，关键在于他们弥合了技巧（人工）与道义的对立性质，在道的

---

① 柏拉图. 柏拉图文艺对话录［M］. 朱光潜，译. 北京：人民文学出版社，1980：8、12.

② 让·贝西埃，等. 诗学史［M］. 史忠义，译. 天津：百花文艺出版社，2002：14.

层面上找到了自己的存在依据。《庄子·山木》所说："既雕既琢，复归于朴。"来源于社会生活的审美意象，经雕琢创造后，可以在艺术情境里达到跟生活原型一样朴素自然的程度，体现出能反映本质规律（道）的更高级的美，即所谓"朴素而天下莫能与之争美"（《庄子·天道》）。

唐宋诗学著作中对"格高"的解释一是指体貌的自然，一是手段的自然。素朴的诗根植于平静（也就是对事物的超越）的感情，这相当于中国人说的"见性"；在创作过程中，离不了对具体事物的叙说、引发，但往往不是表现为事物本身，而是表现为手段的存在，以手段见出"剥落"（方回语）就是"离情见性"，情性统一，也就是理性与感性的统一。这正是宋诗的本质特征。

美国当代的美学家托马斯·门罗认为：有两种极端类型的艺术家，"哲学型"和"冲动——情感型"。属于哲学型的艺术家，对一般的理论及具体形象和形式都熟悉，他们可以从事两种工作，创作艺术和撰写美学文章，他们也可以在创作中把两者结合起来。在人类艺术史上，属于"哲学型"艺术家的有但丁、卢梭、歌德、艾略特、达·芬奇、德拉克洛瓦、康定斯基、瓦格纳、德彪西，他们在一般艺术问题和审美经验上发表过很有分量的见解；"冲动——情感型"的艺术家，一般感觉敏锐，创作多从无意识幻想出发，而很少出自深思熟虑的计划。他们不仅没有能力没有耐心研究美学，甚至有些人由于缺少实际能力和常识，而不能有计划地处理自己的生活①。可以说，宋诗学的代表作家就是前者，无论是诗歌（但丁）、

---

① 托马斯·门罗. 走向科学的美学 [M]. 石天曙、滕守尧，译. 北京：中国文联出版公司，1985：468 - 479.

绘画（达·芬奇、德拉克洛瓦）还是音乐（瓦格纳、德彪西），其共同特点都是手段（形式）与创作材料的高超演绎者，体现着理性与感性的统一。而唐诗学的代表作家就是后者。唐诗重在以生命意识为主导的因物兴感，故而对灵感（"直寻"）特为依赖，作者本人都不能控制写作活动。我们看《文赋》里描写作者构思时的痛苦情境，可以真切感受到那种理性与感性的对立。唐诗学正是这样一种天才的诗学。

格韵说正是这种理性感性相统一的集中体现。从我们前面几章的论述可以看出，格韵说的成长是以气格——道德理性精神为基点的，这种理性精神全面地表现于宋代文化的各个方面，如政治的开明，学术的新变，以及文学艺术的开拓等等。这种道德理性精神并非如前代一样，仅仅限于"风教"这一社会政治功能，而是升华为对一种道德本体的追求，并由此形成了多种哲学理论体系，使之成为一种"世界精神"。所以即使是宋人也不愿将自己的理论说成是一种伦理学说，而是一种解释世界本原的"道学"。宋人的"道"也就不仅仅是一种治道，更是一种老子所说的那种世界本原的道；同时也不是老子那种不可知的道，而是具有道德精神的道。儒道两家的根本命题在宋代得到了贯通。

宋代文学艺术中，随处可见这种道的影子。散文里虽然多的是对治道的阐释，那只是因为文章的实用性；我们看欧阳修的《秋声赋》，苏轼的《超然亭记》、前后《赤壁赋》，其中所蕴含的对道的体悟跟他们的哲学思想同一关捩，是文学版的《易童子问》，或《东坡易专》，或周子《通书》，或东、西《铭》。而在绘画书法（笔者昧于音乐知识，对音乐暂不置论）中更像席勒所说的一样，体现出一种心灵的平静和松弛的状态。不过这种平静中蕴含着精神的力量，像米芾说自己的字是"刷"出来的，不讲究笔画的规范；苏轼也曾指出"鲁直以平等观作欹侧字"；都是追求一种力度的体现。这是宋人的道与自然主义的道的区别之处，其情形也与今天自然主义文学与写实主义文学的区别。因为这个缘故，宋代对雅正的要求超出了一般意义上的功利目的，而成为建设文化的立足点。"在宋人的诗学观念中，雅侧重指诗人内在的高尚情趣，并且认为这种情趣之有无，是基于人的品格的高低；所以复雅最终归于求格。"① 雅成为一种自觉的追求，在中国文化史上第一次与人心统一在一起，并因此促成了"东方的文艺复兴"。

　　这就可以理解为什么宋诗中普遍会出现那种对事物的超越性，实际上那就是道的超越性的表现。宋诗的题材与体裁都较前代大大地扩展了，但没有产生不同题材或体裁带来的多样化的诗型，却都有一种溢出诗歌之外的才气与"道味"。对这种形而上的感觉的喜好，使得他们在叙说事物时抱有一种超脱的态度。胡适将之解释为一种"风趣"："陶潜与杜甫都是有诙谐风趣的人，诉穷说苦，都不肯抛弃这一点风趣。因为他们有这一点说笑话做打油诗的风趣，故虽在穷饿之中不至于发狂，也不至于堕落。"（《白话文学史》）朱光潜先生在《诗论》里引了胡适的这段话，说："丝毫没有谐趣的人大概不易作诗，也不能欣赏诗。"② 正是点出了宋人竞相学习陶杜的真正原因。作为宋诗学的精神源头，陶杜所代表的洒落之韵、高妙之格，都是格韵说的主要组成部分。不管在历史上有多少人注意到

---

① 秦寰明. 宋诗的复雅崇格倾向［J］. 中国社会科学，1993（4）.
② 朱光潜. 诗论［M］. 三联书店，1984：29.

了这个词语，但在宋代的确是反映了时代精神的。我们注意到，"格韵"一词主要在学者们的笔下出现（邵雍、苏轼、朱熹等），就体现了这一诗学范畴的独特性质。

　　格韵（包括黄庭坚和范温的"韵"）是对精神的欣赏，是艺术创作的新的标准。它的出现，突破了为道德而艺术，或为艺术而艺术的创作原则，并成功地将二者合而为一，成为一种为道而艺术的新的文学理念。它是"文以载道"的发展，但却与个体的情志融为一体，使文学与人格呈现一种互渗的关系；它是唐代以来诗歌技艺发展的结果，但融入了积极的道的精神。在客观上，它已成为宋诗学存在的根本依据，并深刻地影响了宋代诗歌的创作和宋代诗学理论的发展。

余论

论"性灵"的含义与早期性灵思想
的特点

魏晋风华与宋人哲思，总有暗合相契之处。宋人重格韵，魏晋则重性灵。刘熙载《艺概》说："钟嵘谓阮步兵诗可以陶写性灵，此为以性灵论诗者所本。"① 钟嵘评阮籍诗云"洋洋乎会于风雅，使人忘其鄙近，自致远大"，这跟宋人重视名节高义何其相似！作为论诗之一宗，"性灵说"虽盛于明清，而谈到其发轫之时，则应追溯到南朝，这已是学界的共识。现代致力于研究性灵说的学者，如顾远芗先生、郭沫若先生等，对性灵说研究都做出了杰出的贡献。特别是顾远芗先生，极为细致地探讨性灵说的源流、质性，对后人的研究具有极大的参考价值。

但是，在前辈学人那里，仍然存在着不少问题没有解决：第一，如何界定南朝的"性灵"，它与明清的"性灵"有何不同；第二，最早谈到"性灵"的人并非钟嵘，也不是刘勰，我们如何认识刘熙载的论断；第三，进一步说，是否像一些学者认为的那样，在南朝也形成了一种早期的"性灵说"；第四，"性灵"一词的来源，等

---

① 刘熙载. 艺概［M］. 上海：上海古籍出版社，1978：82.

等。这许多问题都促使我们去作进一步的研究。我们在这里试图先跳出文学领域，从"性灵"一词的演进来探究其来源与意义。

一

"性灵"一词是南朝人的发明。在此之前，人们谈人之精神世界，多用"性、情"二字，如《周易》云："乾元者，始而亨者也。利贞者，性情也。"（《乾卦》）又《诗大序》："发乎情，民之性也；止乎礼义，先王之泽也。"即是指人之所以为人的自然属性。性、情对举，性（普遍性）言内质，情（特殊性）言外象，浑然一体。而南朝人将性、灵联用，则具有了不同以往的意义。

欲说明"性灵"中不同寻常的含义，探寻"性"与"灵"的联接过程应该是一条方便的途径。

"性"与"灵"本来各司其职。"性"从心，生声，指生来具有的性质。《经籍籑诂》说："性，生也。"即是事物的自然状态（nature），这与我们今天《汉语大词典》所认为的"性"之本义为"人的本性"（natural instincts）是不同的。《论语·阳货》："性相近也，习相远也。"《左传·昭公十九年》："民乐其性。"《孟子·告子上》："生之谓性。"都可为证。四肢百骸，喜怒哀乐，都是性。实际上，"人的本性"的定义直到汉代才成为占主导地位的定义，这当然与当时经学的盛行有莫大关系。在经学的影响下，儒者对各种问题的理解与分析，对经典的解读都具有了浓厚的哲学、神学色彩。从汉初开始，学者们就以阴阳善恶谈性、情关系。班固《白虎通·情性》

引《钩命诀》说："性生于阳以就理也。"这种影响在《说文解字》里也可以看得出来：许慎说性是"人之阳气性善者也"，情是"人之阴气有欲者也"；段玉裁注引纬书《孝经援神契》解释说："性生于阳以理执，情生于阴以系念。"（《心部》）"执"与"念"之间当然就是一种内存和外散的关系，或者说体与用的关系。那么，在理论上性就高于情，更接近于本质；而儒家所谓"绘事后素"，认为事物的本质无疑应该是善的，在两汉的神学那里就是"阳"的。《易·系辞上》云："一阴一阳谓之道。继之者善也，成之者性也。"阴、阳本无高下之分的。看得出，汉代学者正使得"性"的概念变得精确化（比如董仲舒的"性三品说"），并使之纳入到神学体系中去。

至于"灵"字，本指巫，王国维《宋元戏曲考》："古所谓巫，楚人谓之灵。"《说文》："灵，灵巫也。以玉事神。"（《玉部》）但这却不是普通的巫，不然《楚辞》里也不会出现"巫"与"灵"并用的情况。《楚辞·九歌·东皇太一》："灵偃蹇兮姣服。"王逸注："灵，谓巫也。"而洪兴祖《补注》则说："言神降而托于巫也。"即是神灵附体的巫，而本质上还是以神为核心的。比《楚辞》时间更早的《诗经》里说："不坼不副，无菑无害，以赫厥灵。"（《大雅·生民》）这里的灵就是超自然的神鬼（"帝"）。所以"灵"是一个兼有神、人双重性质的事物。《尚书·泰誓上》："惟天地万物父母，惟人万物之灵。"是说人具有万物没有的神性，用的是比喻义。在后来的历史演变中，随着神、人之间距离的拉大，神、灵之间的分工越来越明显，且各词的意义也变得越来越抽象。汉代的《大戴礼记·曾子问》："阳之精气曰神，阴之精气曰灵。"可见神是阳刚，灵是阴柔的，且二者隐隐已有了尊卑之分。这很相似于汉朝人对"性、情"的规定性的划分。

从总体上来讲，某一个词语在不同的时代会有不同的含义出现。汉末以后，随着经学的式微，"性"与"灵"的内涵都发生了不同的变化，并进而造成了"性灵"一词的形成。

我们先来讨论"性"的一些变化。董仲舒"性三品说"的出现，标志着对性的界定的精确化，也即性的描述对象的具体化。从普遍意义上的人，到群体意义上的人；从笼统地谈人类属性，到划分范围分别谈论，董仲舒等人对性的概念扩展起了相当重要的作用。值得注意的是，他引进了"质"这一范畴对性进行辨析，使得其理论更具普遍性。他说："诘性之质与善之名，能中之与？既不能中矣，而尚谓之质善，何哉？性之名不得离质，离质如毛，则非性已。不可不察也。"（《春秋繁露·深察名号》）古人或谈性善，或谈性恶，或谈善恶皆有，或谈善恶皆无，都是从表现与结果出发的，并未谈到最本质的东西。董仲舒则明确地指出性不能定义自身，应由更高一级的"质"来定义。而"质"又是中性的，所以他认为"性者，质也。""生之自然之资，谓之性。"（同上）这给孔子的"性相近，习相远"在逻辑上补上了重要的一环，使得人们在分析"性"的时候有了更准确的标准，对"性"的把握更有确定性。

汉末以来，随着社会所发生的巨大变化，思想方面也出现了新的潮流，就是个体意识在思想领域有了深刻的体现，最有代表性的就是冯友兰先生在《中国哲学简史》里说到的新道家"主情派"。在这个时候，人们对人生、命运的关注空前增强。翻检当时的文章，"性命"一词几乎俯拾皆是：

张衡《西京赋》："屑琼蕊以朝飧，必性命之可度。"

陆机《叹逝赋》："苟性命之弗殊，岂同波而异澜。"

成公绥《啸赋》："精性命之至机，研道德之玄奥。"

王褒《洞箫赋》："齐万物兮超自得，委性命兮任去留。"又："感阴阳之变化兮，附性命乎皇天。"

"性命"一词出自《周易》："乾道变化，各正性命。"（《乾卦》）孔颖达疏："性者，天生之质，若刚柔迟速之别；命者，人所禀受，若贵贱夭寿之属也。"朱熹本义："物所受为性，天所赋为命。"由于当时天灾人祸连绵不断，人们的生存状况极为严峻，不仅是社会地位，连最起码的生活都难以保证，这在思想上使得他们不得不解决前人没有注意到的一个问题：人如何面对朝不保夕的生命和社会的无情？在这种情况下，"性"的描述对象逐渐由道性、德性转向了人性。"天地之中，唯人最灵；人之所重，莫过于命。"（萧纲《劝医论》）汉末刑名思想的复兴和《人物志》的出现表明了汉末生存竞争的加剧和人们对人的天赋、性格、生存能力的研究热情。这时"性"的含义主要指人和物的禀性、脾性：

张衡《西京赋》"雅好博古，学乎旧史氏"李善注：言公子雅性好博知古事，故学于旧史。

左思《吴都赋》："鄱阳人俗性暴急。"

潘安仁《射雉赋》："雉性怯而多疑、胆劣而心戾者。"

《江赋》李善注引臧荣绪《晋书》曰："郭璞，字景纯，河东人。璞性放散，不修威仪，为佐著作。"

张华《鹪鹩赋》"任自然以为资，无诱慕于世伪"李善注引张湛曰："遗其衔尚，为害真性。"

陶潜《归园田居》："少无世俗韵，性本爱丘山。"

"性"字也由此从起初的描述总体，到后来的描述群体，再到现在的描述个体。庄子说："龁草饮水，翘尾而陆，此马之真性也。"（《马蹄》）同为"天之自然之资"，庄子是为了说明"驽、骥各适于身而自足"（王弼注）的道理，仍侧重于道性；张湛则是要求人们保护自己的天赋之身，不仅是精神上的要求，更是肉体上的要求。

而"灵"在此时逐渐发展出精神、聪明、敏捷等抽象的意义。成公绥《啸赋》："玄妙足以通神悟灵。"此处的"灵"就是《庄子·天地》里"大惑者终身不解，大愚者终身不灵"的"灵"，"灵机"之意。当然，由于道教的流行，"神""有灵性的"等义项在文章中仍占多数。同时，在晋代因为有了佛教的加入，更增加了"灵"的意义抽象性：

王巾《头陀寺碑文》："演勿照之明，而鉴穷沙界。"李善注引《僧肇论》："至人虚心实照，理无不统，而灵鉴有余。"

释慧皎《义解论》："资灵妙以应物，体冥寂以通神，借微言以津道，托形象以传真。"

释僧祐《出三藏记集杂录序》："夫灵源启润，则万流脉散；玄根毓萌，则千条云积。"

范泰《佛赞》"惟此灵觉，因心则崇。"

此处的"灵心""灵觉"都是指洞察事理之思维与感知。而其"灵"字的拔俗之意无疑出自中国故有的"万物之灵"的含义。僧肇《鸠摩罗什法师诔》又说："先觉登霞，灵风缅邈。通神潜凝，应真冲漠。"又《十住经合注序》："灵根朗圆烛以遂能。"其意义已彻底超越物相而具有了形而上的含义。

综上所述，汉末以后，"性"与"灵"的内涵已有了许多共通的性质。一是二者的形而上性质。"性"的内涵是由一般走向个别，"灵"则是由个别走向一般，通过相反的演变途径成为都可以表现个人的精神世界的词汇；二是其中蕴涵的主体性和生命意识。作为"禀性"的"性"无疑代表着人的生存状态，而作为"聪慧"的"灵"也代表了人把握世界的活跃思想。这就使得二者的联接有了潜在的条件。

二

就笔者所知，在文章里最早使用"性灵"二字的一代人是刘宋、萧齐年间的范泰、谢灵运、张融、周颙等，既不是刘勰，也不是钟嵘。他们谈论"性灵"，多是因为讨论佛理。《高僧传》载范泰、谢灵运说："六经典文，本在济俗为治耳。必求性灵真奥，岂得不以佛经为指南耶？"（卷七《慧严传》）（又见《弘明集》卷十一何尚之《答宋文帝赞扬佛教事》引）很明显这里的"性灵"是思维、精神的意思。同样，张融在《答周颙书并答所问》一文里说："夫性灵之为性，能知者也；道德之为道，可知者也。"所谓能知，即是自足的知觉，先天的智慧；"可知"即是能被证明的知识。前者是公理，后者是定理。所以他在后面说："故知能知必赴于道，可知必知所赴。"他是个旷达的人，临死前要求人们"三千买棺，无制新衾"，他的尸体要"左手执《孝经》《老子》，右手执《小品》《法华经》"。（《南齐书》本传）可见其思想是综合儒、道、释三家的。这是当时士人研究学问的普遍特点。

即使到了萧梁时代,这种把"性灵"当作哲学术语的用法也未改变。陶弘景在他的《告逝篇》里说道:"性灵昔既肇,缘业久相因。即化非冥灭,在理澹悲欣。""性灵"是永恒的,"悲欣"(之情)是纷乱的,所以要用性灵之"理"去化解低级的感情。其余刘勰《文心雕龙》中的"综述性灵,敷写器象"(《情采》),"……惟人参之,性灵所钟,是谓三才"(《原道》),"洞性灵之奥区,极文章之骨髓""性灵镕匠,文章奥府"(《宗经》),"岁月飘忽,性灵不居"(《序志》)等语中的"性灵"都是如此。又如:"或立教以进庸息,或言命以穷性灵。"(刘峻《辩命论》)"潜志百氏,沉神六经,冥析义象,该洽性灵。"(江淹《知己赋》)都是这样。他们在对精神世界的探索中,将对宇宙、精神、人生的思考融聚在一起,力图得出关于生命、世界的终极答案。

刘勰、钟嵘等人以"性灵"论文学,并将之作为创作的来源,本身就说明了他们对人的精神的审美态度。《颜氏家训·文章篇》:"至于陶冶性灵,从容讽谏,入其滋味,亦乐事也。"卢文弨注:"性灵者,天然之美也,陶冶而成之,如董仲舒所言'犹泥之在钧,唯甄者之所为;犹金之在镕,唯冶者之所铸。'则有质而有文矣。""天然之美"就是纯粹之美,这是与他们追求的精神境界相一致的。所以这既是创作的来源,也是创作的理想。

但最具创新意义的不是在文论中的使用,而是在创作中的使用。这其中透露出一些玄机。陶弘景《答赵英才书》:"任性灵而直往,保无用以得闲。""任性灵"就是适性,"保无用"就是无为,都是当时流行的论调,无特异之处。但细加琢磨,"性灵"既是纯粹之体，无形无迹，如何遵循（"任"）？说性灵可循，那不就是说这性是有形之性——情吗？"直往"的目的不是至道，而是恬淡的感觉。字面上的适性，透露出骨子里的任情。这一点跟颜之推所说的"发引性灵，使人矜伐"（《颜氏家训·文章》）完全相同。所以，在"性"和"情"的意义区分还很明显的情况下，大部分人没有萧绎说"纸札无情，任其摇襞"（《与湘东王书》）的勇气，而是以性写情，以得到精神追求和感情愉悦的兼善之道。性、灵因其各自的因缘际会，成为他们不约而同的选择。钟嵘的"陶性灵，发幽思"（《诗品》）虽将性、情分写，实际却是在泯灭二者的界限。王筠："吟咏性灵，岂惟薄伎；属词婉约，缘情绮靡。"（《昭明太子哀册文》）以及何逊："至乃郑卫繁声，抑扬绝调，足使风云变动，性灵感召。"（《七召》）都可看到这种用意。但不论如何，"性灵"还是不能等同于"情灵"，因为当时二者是各自有分工的。

这种以"性灵"作为性、情之折衷的用法，在相当长的时间内存在着。比如唐代房玄龄云："夫性灵之表，不知所以发于咏歌；感动之端，不知所以关于手足。"（《晋书·乐志》）杜甫《解闷》其七："陶冶性灵存底物，新诗改罢自长吟。"（《全唐诗》卷二百三十）周渭《赠龙兴观主吴崇岳》："混俗性灵常乐道，出尘风格早休粮。"（《全唐诗》卷二百八十一）孟郊《怨别》诗："沉郁损性灵，服药亦枯槁。"（《全唐诗》卷三百七十三）……但也是在唐代，"性灵"一词开始衍生出禀性、感情等新的意义，这才是与袁枚"性灵说"相同的。袁枚说："抄到钟嵘《诗品》日，该他知道性灵时。"（《续元遗山论诗》）是他自己的附会，二者不能等价的。钟嵘的"性灵"仍是形而上的概念，袁枚的"性灵"已是属于形而下的范畴了。当然，尽管与后代的"性灵"含义有别，南朝的性灵思想却启迪了性灵说的出现，这是毫无疑问的。

性灵思想的出现，是由于人对自身生命意识的觉醒以及由此而来的缘情诗学的影响。在无尽的灾患乱离中，在正统思想和中央集权衰落的情况下，他们发出了个体应有的情欲诉求，开始把注意力投向个人的情感、得失。《世说新语》："王戎丧儿万子，山简往省之，王悲不自胜。简曰：'孩抱中物，何至于此?'王曰：'圣人忘情，最下不及情；情之所钟，正在我辈。'简服其言，更为之恸。"又："庾文康亡，何扬州临葬云：'埋玉树箸土中，使人情何能已已!'"（《世说新语·伤逝》）情不再是精神世界里低级的东西，而是可以直言无忌的。人们对感情的重视，在思想界引起相当大的波澜。圣人有情无情论、名教与自然之争，在某种意义上都可看作是性与情的冲突。王弼说：

> 圣人茂于人者，神明也；同于人者，五情也。神明茂，故能体冲和以通无；五情同，故不能无哀乐以应物。然则圣人之情，应物而无累于物者也。今以其无累，便谓不复应物，失之多矣。（《三国志·魏书》钟会传附王弼传注）

圣人都有情，"我辈"自然可以"钟情"了。

《世说新语》还有一则说："桓子野每闻清歌，辄唤：'奈何!'谢公闻之，曰：'子野可谓一往有深情。'"（《世说新语·任诞》）"清歌"就是哀歌。汉末以来，人们对凄苦之音的爱好达到了空前的程度。张衡："弹筝吹笙，更为新声，寡妇悲吟，鹍鸡哀鸣，生者凄歊，荡魂伤精。"（《南都赋》）繁钦写车子（人名）唱歌"凄入肝脾，哀感顽艳。……同坐仰叹，观者俯听，莫不泫泣陨涕，悲怀慷慨"（《与魏文帝牋》）。《隋书·音乐志》分记陈后主、北齐后主、隋炀帝所造新曲如《玉树后庭花》《无愁曲》等，都"音韵窈窕，极于哀思"，而"帝悦之无极"。钱钟书评道："夫佻艳之曲，名曰《无愁》而功在有泪，是以伤心为乐趣也。"（《管锥编·全汉文卷四十二》）《世说新语》：

> 张湛好于斋前种松柏。时袁山松出游，每好令左右作挽歌。时人谓"张屋下陈尸，袁道上行殡。"刘孝标注："《续晋阳秋》曰：'袁山松善音乐。北人旧歌有《行路难曲》，辞颇疏质。山松好之，乃为文其章句，婉其节制。每因酒酣，从而歌之，听者莫不流涕。初，羊昙善唱乐，桓尹能挽歌，及山松以《行路难》继之，时人谓之三绝。'今云挽歌，未详。"（《世说新语·任诞》）

不管到底是谁作的，其对悲音的喜好则是同一的。这就是人们所说的"以悲为美"。尽管当时有人批评这是有损性灵的事物（如谯周），但却无损于其顺应社会心理发展的事实。

但领先于时代的永远是少数人。儒家思想还是教育的主要内容；儒家道德还是社会的伦理支柱。更多的人是把自己的感情隐藏、融化在社会的主流意识中。冯友兰先生说："在绝大多数情况下，他们的动情，倒不在于某种个人的得失，而在于宇宙人生的某些普遍的方面。"（《中国哲学简史》第二十章）他引了《世说新语》中一则关于卫玠的故事说明这个现象："卫洗马初欲渡江，形神惨悴，语左右云：'见此芒芒，不觉百端交集。苟未免有情，亦复谁能遣此！'"（《世说新语·言语》）我们上面说过，"性灵"一词来源于对佛理的体认，而其中活跃的对事物的积极思考却显示出其中强烈的主体精神。卫玠所说的情不仅是一己之情，而是更宽泛的对宇宙人生的思考，在这一点上，情与"性灵"有了深层次的呼应。也就是说，人们不仅感受到了情，体味着情，也力图超越情，不为之所累。冯友兰先生说："（新）道家的许多人随地排遣了他们的情感，又随时产生了这些情感。"这是新道家所强调的妙赏能力。"由于有这种妙赏能力，这些有风流精神的人往往为之感动的事物，其他的普通人也许并不为之感动。"这很准确地描述出初期性灵说的特点——不是强调一种普通人的情感，而是强调一种有超越性的情感。顾远芗先生在他的《随园诗说的研究》中，总结了历史上各个时期"性灵"一词的含义，认为在南北朝时期，"性灵"主要有智慧、灵悟、性情等三种意思，可以证明我们的看法。袁枚《钱玙沙先生诗序》说："今人浮慕诗名而强为之，既离性情，又乏灵机，转不若野氓击辕相杵，犹应风雅矣！"按照顾远芗的理解，袁枚说的性灵就是性情和灵机的统一，即"内性的灵感"，也就是浓厚的情感和灵敏的感觉。这已纯然是个体的独特体验，并非抽象的性情了。

总之，早期的"性灵"含义有一个短暂而重要的演变过程。"性灵"由早期学术的天性之观念与后来佛教的哲思相结合，起初是比较单纯的灵悟之义，而后逐渐暗含了性情的内涵。我们都知道最早以性灵论诗的是钟嵘，他在论阮籍时说："《咏怀》之作，可以陶性灵，发幽思，言在耳目之内，情寄八荒之表。洋洋乎会于风雅，使人忘其鄙近，自致远大。颇多感慨之词。厥旨渊放，归趣难求。"
（《诗品》）阮籍的感慨自然不是普通人的情感。正因为"洋洋乎会
于风雅，使人忘其鄙近，自致远大"，才能"陶性灵，发幽思"。此
处的性灵是归于正道的，皆归于远大之性。这跟公安派、袁枚的性
灵说是很不相同的。早期的性灵之说多在于思想的境界，明清的性
灵说更在意个体性情的自由抒发。在中古时代，性灵出自理，而袁
宏道偏偏认为性灵不关理而关趣的。袁枚也是因为反对神韵、格调
诸说而呼吁性灵的，可见对人生境界的追求，一大我，一小我，旨
趣相乖已是很明显的了。

六朝之有性灵，犹周汉之有言志，唐代之有兴象，宋代之有格
韵。明清诗学是前代诗学的投影，既有格调、肌理，复有神韵、性
灵。而六朝之性灵以复雅为尚，讲求积极的人生态度，以人生大义
为诗学的出发点，实在可以看作宋代格韵说的前身。当然，此为一
家之言，望海内学者批评指正。

参考文献

《司空表圣文集》，司空图著，四部丛刊本。

《欧阳文忠公文集》，欧阳修著，四部丛刊本。

《临川先生文集》，王安石著，四部丛刊本。

《伊川击壤集》，邵雍著，四部丛刊本。

《经进东坡文集事略》，苏轼著，四部丛刊本。

《苏轼文集》，苏轼著，孔凡礼点校，中华书局，1986.

《苏轼诗集》，苏轼著，王文诰辑注，孔凡礼点校，中华书局，1982.

《栾城后集》，苏辙著，四部丛刊本。

《豫章黄先生文集》，黄庭坚著，四部丛刊本。

《山谷别集》，黄庭坚著，四库全书本。

《山谷集》，黄庭坚著，四库全书本。

《豫章先生遗文》，黄庭坚著，如皋祝氏汉鹿斋影碻崌山房本。

《山谷题跋》，黄庭坚著，丛书集成本。

《晦庵先生朱文公文集》，朱熹著，四部丛刊本。

《苏轼易传》，苏轼著，丛书集成（初编）本。

刘邵. 人物志 [M]. 上海：上海古籍出版社影印本，1990.

周敦颐. 周子通书 [M]. 上海：上海古籍出版社，2000.

邵雍. 皇极经世书 [M]. 郑州：中州古籍出版社，1992.

黎靖德. 朱子语类 [M]. 北京：中华书局，1986.

朱熹. 近思录集注 [M]. 江永集注. 上海：上海书店，1987.

二十五史 [M]. 上海书店影印本. 上海：上海古籍出版社.

脱脱. 宋史 [M]. 北京：中华书局，1985.

李焘著. 续资治通鉴长编 [M]. 北京：中华书局，1979.

孔凡礼. 苏轼年谱 [M]. 北京：中华书局，1998.

黄宝华. 黄庭坚评传 [M]. 南京：南京大学出版社，1998.

刘勰. 文心雕龙注 [M]. 范文澜注. 北京：人民文学出版社，1998.

钟嵘. 诗品集注 [M]. 曹旭集注. 上海：上海古籍出版社，1994.

何文焕. 历代诗话 [M]. 北京：中华书局，1981.

丁福保. 历代诗话续编 [M]. 北京：中华书局，1983.

郭绍虞. 宋诗话辑佚 [M]. 北京：中华书局，1980.

胡仔. 苕溪渔隐丛话 [M]. 北京：人民文学出版社，1984.

魏庆之. 诗人玉屑 [M]. 上海：上海古籍出版社，1978.

遍照金刚. 文镜秘府论 [M]. 北京：人民文学出版社，1975.

张伯伟. 全唐五代诗格校考 [M]. 西安：陕西人民教育出版社，1996.

吴文治. 宋诗话全编 [M]. 南京：江苏古籍出版社，1998.

郭绍虞. 中国历代文论选（四卷本）[M]. 上海：上海古籍出

版社，1979.

萧统．文选［M］．李善注．上海：上海古籍出版社，1986.

刘义庆．世说新语笺疏［M］．刘孝标注，余嘉锡笺疏．上海：上海古籍出版社，1993.

侯外庐．中国思想通史［M］．北京：人民出版社，1957.

陈伯海师．唐诗学引论［M］．北京：知识出版社，1988.

郭绍虞．宋诗话考［M］．北京：中华书局，1979.

钱钟书．宋诗选注［M］．北京：人民文学出版社，1989.

钱钟书．管锥编［M］．北京：中华书局，1986.

赵齐平．宋诗臆说［M］．北京：北京大学出版社，1993.

程千帆，吴新雷．两宋文学史［M］．上海：上海古籍出版社，1991.

王水照．宋代文学通论［M］．郑州：河南大学出版社，1997.

周裕锴．宋代诗学通论［M］．成都：巴蜀书社，1997.

萧华荣．中国诗学思想史［M］．上海：华东师范大学出版社，1996.

胡晓明．中国诗学之精神［M］．南昌：江西人民出版社，2001.

余敦康．内圣外王的贯通——北宋易学的现代阐释［M］．上海：学林出版社，1997.

程杰．北宋诗文革新研究［M］．呼和浩特：内蒙古教育出版社，2000.

朱刚．唐宋四大家的道论与文学［M］．上海：东方出版社，1997.

伍蠡甫、胡经之.西方文艺理论名著选编 [M].北京：北京大学出版社，1985.

朱光潜.诗论 [M].北京：三联书店，1984.

让·贝西埃.诗学史 [M].史忠义译.天津：百花文艺出版社，2002.

诗集传 [M].上海：上海古籍出版社，1987.

萧统.文选 [M].李善注.上海：上海古籍出版社，1986.

王弼.庄子注 [M].上海：上海古籍出版社，1995.

彭定求.全唐诗 [M].北京：中华书局，1960.

余嘉锡.世说新语笺疏 [M].上海：上海古籍出版社，1993.

后　记

有宋一代，文物阜盛，非小子所能窥其万一。此文写作历时十年有五，虽只薄薄一册，实亦一段时间的思考结果，非敢草草。当然，虽有献芹之勇，而无可采之资，加之质性愚钝，学识浅薄，虽欲揭橥新知，而犹功有未逮。置诸师友面前，更望给予多方面的启迪，使我能更进一步。

生而有幸，得遇陈伯海、曹旭二位先生。陈师素心恬淡，蔼如春风，视徒若己出。而于学术则繁密精严，不阿于世俗，常有使人当下开悟之德。作为他的学生，虽一块顽石，他也不辞辛苦谆谆教诲，如西西弗斯一样不停地向上用力推举。曹老师为学则功夫深厚、方法清晰，指人门径如运指掌。门下人多，皆因材施教，各有建树。而其韵人雅致，使日用不离学问艺术，熏染子弟辈为良多。

本书是在博士论文的基础上完成的，回忆读博三年之中，诸师兄弟扶携相伴，于学术互为切磋，于生活互相帮扶，最可珍惜。查清华、赵立新、王澧华、傅蓉蓉、赵红玲、杨合林、黄亚卓、许连军、王顺贵、胡建次、张红、蔡平、赵红菊、杨凤芹诸君，皆有嘉惠，毋需言表。湘潭雷磊君、成都彭东焕君，并寄送资料，特为致谢。写作过程中，内子丁兆艳女士照顾家庭，更付出许多，更为感念。

　　是为记。

傅新营

2018. 10. 18